华尔街在维修

HUAERJIE
ZAI
WEIXIU

张启元　著

张翔　收集整理

百花洲文艺出版社
BAIHUAZHOU LITERATURE AND ART PRESS

图书在版编目（CIP）数据

华尔街在维修/张启元著.－－南昌：百花洲文艺出版社,2017.8
ISBN 978-7-5500-2370-3

Ⅰ.①华… Ⅱ.①张… Ⅲ.①随笔－作品集－中国－当代 Ⅳ.①I267.1

中国版本图书馆CIP数据核字（2017）第189566号

华尔街在维修

张启元　著

出 版 人	姚雪雪	
责任编辑	胡青松	
书籍设计	方　方	
制　　作	何　丹	
出版发行	百花洲文艺出版社	
社　　址	南昌市红谷滩世贸路898号博能中心一期A座20楼	
邮　　编	330038	
经　　销	全国新华书店	
印　　刷	江西华奥印务有限责任公司	
开　　本	720mm×1000mm　1/16　　印张　14	
版　　次	2018年1月第1版第1次印刷	
字　　数	150千字	
书　　号	ISBN　978-7-5500-2370-3	
定　　价	29.00元	

赣版权登字　05-2017-317
邮购联系　0791-86895108
网　　址　http://www.bhzwy.com
图书若有印装错误，影响阅读，可向承印厂联系调换。

目录

异域品香鉴草

长滩海味 / 003

华尔街在维修 / 007

冰川的愤怒 / 011

伊瓜苏观瀑 / 014

温哥华枫叶光鲜的背后 / 017

柏林墙前的遐想 / 021

玛利亚广场的时钟与乌尔姆小镇 / 025

科隆大剧院看探戈 / 029

老虎睡觉我站岗 / 032

圣彼得堡的男人和女人 / 036

探访尼日利亚 / 040

访日本看细节 / 048

在亚的斯亚贝巴品尝樱吉拉 / 056

哈佛大学印象之一 / 059

哈佛大学印象之二 / 062

哈佛大学印象之三 / 065

哈佛大学印象之四 / 068

哈佛大学印象之五 / 071

西欧纪行之一 / 075

西欧纪行之二 / 079

西欧纪行之三 / 082

西欧纪行之四 / 085

西欧纪行之五 / 088

狮城崛起与做大城市的思考 / 091

维多利亚港湾的秀美与商家的机灵 / 100

饿死不讨美（米） / 103

尼泊尔趣遇 / 108

奥斯维辛——人性耻辱的见证 / 115

北欧掠影 / 120

感时家国情怀

牯岭盛开凤仙花 / 133

匡庐揽秀 / 136

我之爱梅 / 140

路 / 142

"看菜"的回忆 / 144

"我来不忍去" / 147

享受宁静 / 150

马垱炮台感怀 / 154

金色的呼伦贝尔草原 / 156

跨越时空的对话 / 159

佑民亭记 / 169

浮世轻言咏叹

齐威王治假的启示 / 173

也说"政绩" / 176

现代企业制度与企业领导人员评价 / 179

科学发展观与国有产权管理 / 183

防止政治上腐败是党面临的现实课题 / 187

社会和谐的断想 / 190

槟榔传说、槟榔产业及槟榔文化 / 194

我的产权观 / 199

后　记 / 216

异域品香鉴草

HUAERJIE
ZAI
WEIXIU

长滩海味

我出生在鄱阳湖边，从小就在水里摸爬滚打。

成年之后，特别喜欢看海。无论走到哪里，只要是有海的地方，都要到海边走走，一睹海的容颜。

我曾经流连于尼斯沙滩，感受地中海的壮观；我曾奔走在古巴南北，欣赏加勒比海珊瑚礁的多姿多彩；我也曾登上开普敦半岛的桌山，见识大西洋与印度洋汇合掀起的惊涛骇浪；我徘徊在布里斯班的黄金海岸，享受太平洋暖流袭人的体验；我还浪迹夏威夷，目睹冲浪者的英姿与风采。

总之，我喜欢大海，它波澜壮阔，一望无际，连天接地，气势恢宏；它高深莫测，奥秘无穷，深藏着太多的秘密；它时而温柔恬静，娇媚似闺秀，时而排山倒海，咆哮如猛虎；它色泽冷峻又多姿多彩，同一片海域而颜色各异：远、中、近看，早、中、晚观，景色迥异，各不相同。在大海面前，一切都显得那么渺小，一切烦恼都显得那么不重要，忧谗畏讥不必，宠辱得失皆忘。

最近，我去了一次菲律宾长滩岛，同样为了看海。

从马尼拉到长滩，仅一小时的航程，飞机降落在长滩岛旁边一个小岛上。下飞机还要坐船，下船必然涉水，因为这里没有码头。无论男女老少，只要你来长滩，你别无选择，必须卷起裤管，赤脚在水中行走几十米才能上岸。

长滩之所以不建码头，是为了保持小岛的原始风貌。船靠岸后，海滩上有一群小"面的"。"面的"塞了我们一行五人，沿着一条弯弯曲曲的小路，跌跌撞撞穿行在一片棚屋之间。两个"面的"会车给人擦身而过的感觉。说实在的，长滩给我的第一感觉并不好。弯曲、狭窄、尘土飞扬的马路，路两边低矮、陈旧、破烂的小棚屋，像是进入了一个贫民窟。一番周折，到达酒店。终于感觉峰回路转、面目一新。

我们眼前出现一片乳白色的别墅，依山就势建在濒海峭壁上。别墅外墙的颜色，与眼前的蓝海形成鲜明对照。屋内宽敞明亮，像是为休闲度假的家庭准备的。一个主卧、两个标准间，客厅饭厅、厨房餐具一应俱全。几栋别墅之间，围着一个泳池，远看泳池就像飘浮在海面上。丢下行李，我们就奔向海滩。沿海滩建了无数低矮的小商店，临街面还算整洁，风格统一。街上游人熙熙攘攘，热闹非凡。穿过小街就是海滩，椰风海韵，白帆点点，别具风味。天气很热，像我国南方的酷暑季节。太阳从海平面上升起，不过上午九点多，脸上竟然晒得发烫，海滩上的沙粒也有些发烫。海上游乐项目很多，我们租了一艘"螃蟹船"，绕长滩环岛游。这里的交通工具很特别。一是车，一种两轮摩托，边上挂一个斗，坐上三五个客人，收费一百比索。坐在斗上的人必须低头弯腰才能上得去，坐得住。长滩岛的街道、海边，"呜、呜、呜"地嚎叫的都是这类车。另一是船，这是一种身长、体窄的小动力船，乘坐十人左右。有一个小汽油机，开足马力时"嗒——嗒——嗒"的吼叫声，声嘶力竭，让并排坐着的人都要对着耳朵说话。更奇怪的是，两边船舷，用竹篙捆绑着长十几米、宽五六米的支架，主要是为了在风浪中保持船的平衡稳定。正面看，就像一只张开着爪子的螃蟹，当地人也叫它"螃蟹船"。我们乘坐"螃蟹船"出海了。岸上骄阳似火，船上却很凉爽。天空湛蓝，海天一色。出海行程是绕长滩岛一周，途中还可以选择参加任何一个海上游乐项目，诸如水拖曳伞、海钓、潜水、独木舟、风浪板、水上摩托艇等。

海面上远看长滩岛四周，是一幅极为壮观的海景画：天际头，深黑色的海，蔚蓝的天空，重重叠叠的白云缓慢地飘动，近海面上，摩托艇拉着五颜六色的气球在空中飘荡，快艇载着游人，呼啸着从船边划过，在碧蓝平静的海面上犁出一道雪白的浪花。就像是在绿茵茵的草地上，画上了一道洁白的粉末线。

"海蟹船"来往穿梭，游人惊叹雀跃，海上游泳的、拍照的、海钓的、近处的海岸，椰树随风飘荡，郁郁葱葱的海岸线上，各式别墅错落有致。最让人感觉惊奇的是海水的颜色：远处漆黑，近处湛蓝，靠近沙滩的岸边呈浅黄色。而且，随天气的变化，时间的不同，海水的颜色各不相同。

长滩岛已经是夏季，中午的海滩热浪滚滚，行走在路上，皮肤上有灼痛的感觉。我们在海鲜摊上挑了龙虾、象拔蚌、蔬菜等，自己动手，做了一顿丰盛的海鲜席，那算是饕餮盛宴。大家把餐桌摆在别墅外的凉亭里，面前的大海，尽收眼底，海浪有节奏的"哗哗"声，就从脚下发出，海风把桌布吹得"啪啪"作响，我们迎着大海举杯，开怀畅饮。美景、美味、美酒，一会儿就有些飘飘然了。

长滩岛，位于菲律宾中部，形状像一个哑铃。全岛不过七公里长，却有着四公里的白沙海滩，被誉为"世界上最细的沙滩"。据说，长滩的声名远播与艺人梁咏琪在这里举行婚礼有关。国际知名的英国BMW旅游杂志早在1994年就将其评选为世界最美和最舒适的沙滩之一。长滩地形狭长，最窄处只有一公里左右。由于风向的不同，岛的东西两面出现绝然不同的景象：常常西边海面平静如镜，而东面海面却是风高浪急，激流涌动。而当你埋头海中，会有很多惊奇的发现：珊瑚礁上，一片繁花似锦，每一寸海域都有不同的面貌，无数锦绣色彩的小鱼，随在你身后游弋，而一旦你出手，它们就飞一般地逃逸，让你感觉这就是一群"可远观而不可亵玩"的精灵。晚上的白沙滩，更是分外妖娆。长达四公里的雪白沙滩映照着绚丽的霓虹灯，整个沙滩变成了一个露天酒吧。

长滩，西太平洋上的一枚小岛。在这里看海，它没有一泻千里的气势，没有风起云涌的豪迈，没有惊涛裂岸的磅礴，却有着浓浓的海味。

大海，除了它的胸怀，还有很多为人类所不认识的个性，长滩是个有个性的海岛。

它秀美，它文静，它又有自己的鲜明个性。人类从农业文明走向海洋文明，走过了一条漫长的路，还有更漫长的路要走。认识大海，利用大海，造福人类，文明的路悠远而璀璨。

2016年于庐山

华尔街在维修

在美国"次贷"危机最终酿成金融海啸，进而肆虐世界的时候，我去了一趟美国，行程特意安排造访华尔街，到世界金融风暴的中心，看看这个"始作俑者"此时的尊容。

我多次到过华尔街，脑海里残留着华尔街印象：摩天高楼一栋连着一栋，白云在楼顶上缠绕；高楼外墙、门窗，一律笔直的线条，棱角分明，条条直线拔地而起，直刺云天，牛劲十足；建筑之间的一丝缝隙，是留给行人的街道。名副其实的"人造峡谷"。华尔街不长，不过五百多米长，十一米宽，但无论建筑还是街道，无论是一百年前、两百年前、三百年前留下的，大都用花岗岩建成。一副庄严、肃穆、冰冷行头。挂在这些高楼上的门牌号码一百二十个，几乎都是世界顶尖的金融机构。进出这些金融机构大门的人，西装革履，掖着皮包，神情严肃，似乎个个手里都捏着世界命运一般。我的印象：华尔街过于自信、张狂、外露。

处于金融风暴中心的华尔街，现在是一副什么"德行"？

眼前华尔街的背景和氛围，或许是老天的有意安排：天空阴云重重，从街道、建筑物空隙四面八方卷过来的寒风，使人从胸口到背脊都感到透凉。寒风裹挟着嘈杂的马达声、风钻声、石头与工具的撞击声，一齐扑面而来，让人透不过气、措手不及，浓重的尘土味叫你鼻子也不能闲着。

华尔街怎么啦？

华尔街在维修！

本来就不宽阔的街道，被建筑围栏分割出三分之二，行人只得在一米多宽的巷道侧身穿梭，或许是街道窄了，还有熙熙攘攘的人流。街中心有一块块用栅栏围着的地方，风钻"哒哒"声由地下发出，原来是给街道"开肠破肚"，里面的电缆尽显老态；已撤换下来的管道满身厚厚的铁锈，横七竖八躺在街上，极像沙漠中掘出的千年干尸；地面坑坑洼洼，像布满裂纹的豆渣饼。或许是因为维修，或许是因为金融海啸，华尔街的银行或关门大吉，或门可罗雀。只有纽约证交所门楣上的大幅美国国旗还在疲倦地飘动着。

华尔街该维修了。

华尔街该维修的不仅仅是高楼、街道、地下管道、电线电缆等硬件，还有支撑华尔街的软件；不仅仅是找回华丽张扬的面子，更重要的是找回落魄的灵魂。

一百多年来，华尔街以世界金融中心而自傲于世，它聚集了相当于美国GDP三点五倍的世界财富。在这里制造的经济血脉，源源不断输送到美国经济各个细胞，浸润到世界每一架制造机器。在经济全球化的今天，华尔街感冒，喷嚏就会立刻在全球每个角落响起。华尔街的金融大亨们因此而沾沾自喜，因此而荣耀，因此而陶醉，因此而痴迷。在他们看来，华尔街的金融制度是世界上最好的制度，它们完美得天衣无缝；华尔街的企业是世界上最有诚信的企业，诚信得无可挑剔；华尔街的经营者，是世界上的"人精"，他们聪明得无与伦比。他们确信美国的月亮是世界上最圆的。在完美无缺的制度下，一群世界顶尖的精英，经营着一批世界顶尖的企业，还有什么人间奇迹不能创造出来？还有什么华尔街过不去的"坎"？于是，他们不遗余力向世界输出自己的价值观，输出他们的"精神遗产"。1929年发生的美国"大萧条"的惨痛教训，华尔街的精英们早就抛到九霄云外去了。

历史总是爱给忘记历史的人开玩笑。去年以来，由华尔街"次贷"危机引发的金融海啸，给华尔街的精英们又一记闷棍。从9月7日到16日短短十天，房地美、房利美、美林银行、雷曼兄弟、AIG等金融巨人，像多米诺骨牌一样呼啦啦地倒下，摩天大厦人去楼空，又一次惊扰了美国人的"美国梦"。

是什么如此不给情面地打碎了"美国梦"呢？

是美国人引以为自豪的金融制度？是美国企业家挂在嘴边的诚信？原来，在巨额利润的诱惑下，再完备的制度和再好听的诚信都变得太苍白了。

正是利润的魔力，使银行家跨过了职业的底线，把钱贷给没有还款能力的人。华尔街过于相信自己的创造智慧，他们把这些不该发放的贷款进行包装，像魔方一样变成了花花绿绿的金融衍生品，像击鼓传花一样在购买者手中传递，其价格也一次次地放大，形成了巨大的泡沫并最终破灭，一场全球性金融灾难开始了。自然，银行家已经把自己的风险转嫁到了最后的投资者的手里。

反思这场金融危机，问题到底出在哪里？见仁见智，自不待言。但人们自然要拷问华尔街的金融制度、机制，自然要拷问华尔街金融精英们的诚信。

华尔街的街面要维修，更要维修的是华尔街的制度，是金融精英们的道德和灵魂。任何制度都是有缺陷的制度，任何人都是有缺点的人，有缺陷的制度和有缺点的人纠合在一起，沆瀣一气，不酿成天灾人祸那才见鬼！诚然，美国的金融制度，经过百年来的探索完善，在资本主义发展过程中起过积极的作用，但正如不能迷信任何人一样，任何制度也不能迷信，美国的月亮并不特别圆。

资本主义制度下的企业，在企业忙碌的员工，从躯壳到灵魂都给浸透着利润的血液，常常把最神圣的诚信踏在脚下也就不奇怪了。

华尔街一端是"三一教堂"，一头连着大海。据说当年的银行家们和基金经理，利用股市休息的时间来教堂祈祷，请上帝帮忙圆自己的黄金梦。也有人解释华尔街的位置述说着一个哲理：天堂的隔壁是地狱。1987年，好莱坞发行过一部叫《华尔街》的电影，描写华尔街一个贪婪成性、不择手段操纵行情的股市大亨最后惨败的故事，影片中有一句台词：

"贪婪是个好东西"。多少年来，华尔街正是在这个理念指导下，每天都在搅动疯狂，编织神话，构造陷阱。金融高手在这里布阵斗法，梦想家在这里"一枕黄粱"，顷刻间或亿万富翁，或倾家荡产，从天堂到地狱的命运轮回常常就是半步之遥。

是的，华尔街急需维修。修得好，可以把人引向天堂，修不好或许再把人带到地狱。眼下的维修或许是一种调整，是一种韬光养晦，是在积蓄力量，等待着下一轮经济成长周期。

华尔街要维修，华尔街永远不停能止维修。

2009年

冰川的愤怒

访问阿根廷，最令人难以忘怀的不是科隆大剧院的珠光宝气，不是飘逸洒脱、节奏明快的探戈舞姿，不是伊瓜苏瀑布的气势豪迈，也不是卡拉法特小镇的银装素裹，而是莫雷诺冰川雪崩的惊天巨响。

莫雷诺冰川位于南纬52度，在阿根廷圣克鲁斯省境内，是地球上冰雪仍在向前推进的少数活冰川之一，已被联合国有关组织列为"全人类自然财富"。

七月的亚洲大陆，骄阳似火，进入阿根廷首都布宜诺斯艾利斯则是深秋。莫雷诺冰川离阿根廷首都有三个小时的飞行距离。飞机下降时，从舷窗俯瞰地下的卡拉法特小镇，不禁倒吸一口冷气：一个冰天雪地的世界塞满你的视野。冰封的阿根廷湖，白皑皑的安第斯山脉，厚厚的积雪把大地、山川、房屋裹得严严实实。顿时，人在机舱里，寒气心底来。

陪同人员告诉我们，卡拉法特小镇离冰川还有近百公里的路程。这里已经下了一天一晚的大雪，路面积雪达六十厘米以上。明天能否进入冰川公园，一要看天气，二要看运气。第二天醒来，运气不错，天气很好。但道路结冰，汽车婆婆妈妈、摇摇晃晃、谨小慎微，朝着冰川公园艰难地爬行。阿根廷国家冰川公园共有四十七条发源于巴塔哥尼亚冰原的冰川，公园所在的阿根廷湖西端，有两条弯弯曲曲的水道深入山谷，把安第斯山脉分割得支离破碎，形成了众多的山涧湖泽。这些水道湖泽又与山谷中的河流联结一起，成为冰川的发源地带。汽车始终沿着阿根廷湖岸线，在蜿蜒起伏的冰冻道路上行进，不时发出"咔嚓""咔嚓"的摩擦声。放眼公路两旁，丘陵起伏的山坡和延伸至阿根廷湖边的大地，都盖在白皑皑的大雪下。阿根廷湖更是万里冰封，在日光下泛着银光。据说阿根廷湖是一个近千平方公里的淡水湖，湖水就是冰川融化的。几十万年前形成的冰川，由冰川融成的湖泊，湖中的每一滴水都十分珍贵。

湖岸起伏延伸的山岭，不高，不陡，是绵亘南美大陆的安第斯山脉。山岭上植被稀疏，大雪自天而降，洋洋洒洒，因植被的稀疏不匀，覆盖的积雪有薄有厚，有密有稀。丛林过密的山岭，漆黑如墨的枯枝秃干，顽强挺立在洁白的雪地上，形成了黑白分明、对比强烈的色调，绘就了一幅幅天然泼墨山水画。

三个多小时的行程，莫雷诺冰川终于离我们越来越近了。远看，银白色的冰湖塞在两个山谷中间，好一座天然冰制堰塞湖。莫雷诺冰川是阿根廷国家冰川公园中，名声最显赫的冰川。因为它是世界上少有的仍然"活着"的冰川，也是冰川雪量仍在不断增加的少数活冰川之一，这里每天都可以看到冰崩的奇观。有人说它是大气污染指数的警钟，很早以前，这里每四年才发生一次"崩溃"现象。现在因为大气污染，地球温度上升，每二十分钟就"崩溃"一次。它又是世界上最壮观的冰川，阿根廷湖面浮着一堵高达七十米的"冰墙"，绵延三十公里，总面积达到二百五十七平方公里。

沿着观景阶梯，我们能够近距离接触这堵巨大的冰墙，甚至可以呼吸到它远古、冷峻、运动的气息。在日光的斜映下，冰川胴体发出宝蓝色的光亮。同表层的洁白、湖水的碧绿一起，形成了独特的景观。据说，莫雷诺冰川形成于几十万年前。它头顶蓝天，脚踩湖底，夏天气温平均10到17摄氏度，冬天最冷可至零下17摄氏度。由于湖水的作用，冰川从脚下溶解，巨大的冰块从头上裂开，拦腰折断，轰然倒下，发出惊天巨响，在山谷回荡，在耳边萦回，几公里外可闻，场面惊心动魄。

这惊天巨响，有些沉重。宣泄着压抑、郁闷，几分不解，几分无奈；

这惊天巨响，有些夸张。表达着抗争、警告，撕心裂肺，振聋发聩；

这惊天巨响，有些凄凉。蕴含着嘲讽、怜悯，半是愤怒，半是忧伤。

这惊天巨响，或许向地球人昭示着什么。

从冰川断崖处向下游望去，随处可见阿根廷湖水中漂浮着一座座小山似的蓝色发光体，那是倒塌后逐渐在融化的冰块，它们茫然地朝阿根廷湖下游漂去。

冰川在退缩，人类就前进了吗？

是的，我们曾经有过战天斗地的豪迈，以人定胜天的气概同大自然争斗。或许"老天爷"是个只做不说的对手，回敬我们的是一幕幕悲情闹剧：地震、海啸、洪涝、旱灾、泥石流、龙卷风——所到之处，或天崩地裂，或山呼海啸，或白浪滔天，或赤地千里，无不哀鸿遍野、生灵涂炭。

人类滥用煤炭、石油，全球气候逐渐变暖，世界各地冰川的面积和体积明显减少。1980年以来，世界冰川的平均厚度减少了约11.5米。2006年，世界冰川的平均厚度减少了1.5米，而2005年该数字仅为0.5米。联合国环境规划署说，这是有研究人员监测以来冰川消融速度最快的时期。

冰川的愤怒，足以让人类警醒！

2013年

伊瓜苏观瀑

瀑布于我而言，原本并无太大兴趣。

我在一个瀑布众多的大山里生活多年，每当春雨绵绵、夏日雷暴之后，峡谷沟壑，一夜之间陡生出很多瀑布，或长或短，或粗或细，一抹雪白，如绸如绢，挂在青山峭壁之上，倒也给大山添了几分诗意。几天放晴，水尽瀑失，习以为常也。真正四季长流，生生不息的瀑布，纵使在水乡南方也并不多见。

开始对瀑布有兴趣，是第一次看了尼亚加拉大瀑布之后，我感受了瀑布的气势和豪迈。后来又从直升机上与地面，多角度看了津巴布韦的维多利亚瀑布，那种心灵的震撼，久久不能忘怀。

到了巴西，自然神往伊瓜苏大瀑布。下了飞机，直奔伊瓜苏。

坐上汽车，放眼窗外，巴西的植被、环境、空气，让人耳目一新。展开双臂，深深地呼吸，空气甜甜的，有滋有味，一种荡气回肠的畅快油然而生。巴西是个资源大国，八百五十万平方公里国土面积，可利用面积在90%以上，而人口只有1.8亿左右，全国森林覆盖率达70%以上。

伊瓜苏瀑布是瓜苏河上的一大景观。这条河横跨阿根廷、巴西，全长一千三百多公里。两国边境以河为界，共同享有这条瀑布。巴西政府在瀑布这一段建立国家公园，占地一千三百多平方公里。公园多属原始森林，植物门类众多，野生动物出没，路边随处可见果子狸、小松鼠等机灵地觅食。据说一百多年前，这条瀑布是皇室专有，只有皇宫贵族才能尽情饱览伊瓜苏的美景，平民百姓不得进入。后来一个学者提出向平民开放，让全国的老百姓也能参观瀑布，得到了统治者的许可。人民为了怀念这位学者，在瀑布的岸边立了一尊铜像，纪念他的功德。

伊瓜苏瀑布，未见其形，先闻其声。汽车还在景区几公里之外，巨大的轰鸣声如雷贯耳，远远地感觉到一种万马奔腾、一往无前的气势。那种声音，沉闷、有力度、有磁性，排斥一切，藐视一切；听声音就能感觉到它排山倒海，洋洋洒洒，气势恢宏，尽显我行我素、桀骜不驯的秉性。待我们进入景区，来到瀑布下，看到的是一片从天而降的瀑布群像。伊瓜苏河在这里弯弯曲曲不规则下陷，形成一个马蹄形的断层。落差达八十多米，足有四千多米宽。瀑下仰观，湛蓝的天，飘着白云，瀑布像是从白云底下飙出，轰然倾倒在谷底，溅起一团洁白的沫，与蓝天白云连成一片，叫你分不清天上人间，又平添了一派蓝天决口的气势。蓝天、太阳、水雾交织，无论你站在哪个角度看，都有一条清晰的彩虹呈现在你头顶。由于植被高密度覆盖，四千米宽的瀑布被分割成二百七十五股急流奔泻，从墨绿的植被中，喷薄而出，像是丛林中窜出条条白龙，跃入龙潭，发出振聋发聩的巨响。整个瀑布区，平均六十至八十米的落差，水量和落差形成一种特殊的现象：瀑布奔腾而下，水雾从谷底腾起升空，在瀑布区域上空织成一片白云，就像寒冬的大地上烧了一锅开水，冒着腾腾的热气。我们从高、低、远、近，多角度、全方位欣赏瀑布的雄姿，大自然的鬼斧神工令人叹为观止。

尼亚加拉大瀑布，在尼亚加拉河上演绎了一幕世界最狂野、最恐怖、最危险的漩涡激流。伊瓜苏瀑布与之相比，不过是雕虫小技；维多利亚瀑布，有千米宽幅、百米落差，但就是它最西边的"魔鬼瀑布"，虽有"声若雷鸣、云雾弥漫"的"沸腾锅"美誉，在伊瓜苏瀑布面前，也不过"屌丝"而已。

伊瓜苏瀑布，既有形的伟岸，又有韵的飘逸；既有魔的勇猛，又有仙的优雅。

世界瀑布之最，伊瓜苏当之无愧！

2016年于南昌

温哥华枫叶光鲜的背后

温哥华面向乔治亚海峡，背靠海岸山脉，怡人的气候和得天独厚的自然美景，成为享受生活者的乐园，多次被联合国评为全球最适宜人类居住的城市。温哥华漂亮、繁华、现代，可一提起枫叶，温哥华其他一切都黯然失色。

温哥华的枫叶，有世界枫叶之冠的美誉。不仅红了温哥华，也红了加拿大。这片枫叶，成了这个国家通往世界的名片；这片枫叶，镶上了加拿大的国旗，代表这个国家活跃在世界政治经济生活的舞台；这片枫叶，成为一个旅游产品；这片枫叶，成为一条汇聚世界游人的线路。

我也被这片枫叶裹挟着，踏上了温哥华之旅。

离开温哥华机场，已经下午四点多。我们直奔伊丽莎白森林公园，淅淅沥沥的秋雨，打在汽车挡风玻璃上，发出沙沙的声音。天空弥漫着雾霭，阴沉沉的，城市的建筑竖在灰暗背景下。突然，眼前一亮，汽车走进了一条红枫搭盖的"隧道"。道路两旁高大的枫树树冠，把上空遮得严严实实，红彤彤的枫叶，遮天蔽日，像一片火烧云，映得车外车内一片通红，使秋雨蒙蒙、雾霭沉沉的街景变得那样耀眼，简直是另外一个世界；枫树下一辆接着一辆停泊着汽车，路面铺满了散落的枫叶，这些汽车就像陈列在一条不见边际的红地毯上。耀眼的枫叶，染红了天，染红了地，给人心灵以极大的震撼。

原来这就是温哥华的枫叶大街。

伊丽莎白公园，初看似原始森林公园，细看尽显人类艺术雕刻的痕迹。游步道蜿蜒流畅，高低起伏；灌木花卉，错落有致；枫树、白果、翠柏、雪松、绿地以及各种我们认识的、陌生的灌木，生长茂盛，林相丰富，色彩斑斓。唯有红枫、白果各树一帜，吸人眼球。醉红的枫叶，金黄的白果叶，洋洋洒洒，仪态万方，任意飘落在绿茵茵的草坪上。白果树下，一摊随意绘就的金黄，像是绿地上的一片鎏金；枫树下，是一圈随意泼洒的醉红，又像是谁给绿地上铺就的红地毯。行走在园中游步道上，就像在观看一部3D景观片，眼帘红一片、黄一片、绿一片地翻动，直叫人目不暇接，眼跳心惊。

一叶知秋，枫叶飘起坠落，既尽显造物主的随意，又无不表现着自然界日出日落、花开花谢的规律。时光老人的脚步，是那样的坚毅，那样不可抗拒。

我们穿梭在飘落枫叶的丛林中，流连忘返，如醉如痴。不停地举起相机，一脸贪婪，一副要把眼前的美景搬回家的神态。不知不觉两小时就过去了。平心而论，这样的公园，无论是景观布局还是视觉效果都是世界一流的。而让我们感觉奇怪的是，公园游览的人并不多，三三两两，懒懒散散。况且今天是周末。要是在国内，这样城市周边的景区，这样档次的公园，别说是白天，就是晚上也一定人头攒动，游人如织。每逢节假日，一定会水泄不通。

登上公园的制高点，似乎看到了一丝枫叶光鲜背后的秘密。

原来温哥华是个港口城市，19世纪初还是一片荒野。近代工业兴起，特别是矿产资源的发现，使得温哥华的港口运输地位凸显，成为通向东方的大门。港口与城市开始繁荣。地理和气候的优势，使温哥华吸引了世界的有钱人。每年有数万来自世界各地的富翁，拖家带口，举家迁往温哥华投资置业。居住在温哥华的华人达总人口的30%，大温哥华地区两百多万人口中，华人达四十多万。现在，温哥华是加拿大西岸最大的工商、金融、科技和文化中心，两千三百多平方公里，常住人口却只有五十四万左右。2012年，在全球两百二十一个城市生活质量调查排行中，温哥华排名第五。城市森林覆盖率90%以上，其中70%为原始森林。站在伊丽莎白公园高处，俯瞰温哥华，城市依山临海，高楼鳞次栉比，特别是坐落在西部半山的富人别墅区，若隐若现在层林尽染的枫林中，几分神秘，几分霸气，主人大部分也是华人。

看到这里，我脑海里链接了一串词：枫叶、美景、财富、别墅、采石场……

枫叶的背后，反映的是一个需求层次。马斯洛的需求层次论认为，生存和安全的需求是处于最低的层次。人只有在吃饱了喝足了，才会有其他更高层次的需求。能够移民居住在温哥华的人，都不是等闲之辈。温哥华的房价在全球城市中排名是数一数二的。所以，只有在财富眼光里，温哥华的枫叶才会色彩斑斓，娇媚百态。而同样在这个城市，同样是枫叶，住别墅的主人与给别墅修剪草坪、打扫卫生的佣人眼里，枫叶的色彩一定存在天壤之别。在佣人看来，飘落在地上的枫叶不过就是一堆垃圾。

枫叶的背后折射着生存方式。伊丽莎白女王公园原本属加拿大太平洋铁路公司的采石场，该公司从这里开采石头用于温哥华早期街道建设路基，1911年关闭后荒废多年，1928年被市政府十万元收购。它曾是一个千疮百孔、满目疮痍的山头。在乔治亚海湾看温哥华身后那个千疮百孔的制高点，一定是个大煞风景、大败心境的事。于是有人提议把它规划为公园，占地五十二公顷。1939年乔治六世和王后伊丽莎白造访温哥华后，改名为伊丽莎白王后公园。经过几十年的建设，伊丽莎白公园成为加拿大第一座植物园，三千多种树木，几乎加拿大的全部树种在这里都可以看到。几十年的精心营造，这个曾经属于温哥华最丑的地方，实现了华丽转身，变成了最美的地方。

人类与环境如何相处是个老话题。开山、炸石、修路是为了挣钱，是生存的需要；复耕、种树、栽花、种枫树也是为了挣钱，也是生存的需要。有人主张先污染、后治理，有人主张边污染、边治理，不污染无须治理不是更好？前面已经有人在南墙上撞得头破血流，后面还跟上去撞？

枫叶光鲜的背后是心境。枫叶也好，牡丹也好，需要欣赏的眼光和心情。所谓"爱屋及乌""情人眼里出西施"，讲的都是一种心境。再美的枫叶，再美的花朵，再绝世的风光，羞花闭月、沉鱼落雁的美貌，如果缺少心境的阳光，也是一片黑暗。

不以物喜，不以己悲。以阳光的心态，看人、论事、观花、赏月，世界一定是美好的，生活一定是美好的，枫叶一定是鲜美的！

2016年夏于庐山

柏林墙前的遐想

人类文明史上，筑造过各式各样的墙。

然而，恐怕没有一堵墙有柏林墙那样奇葩：它在地面升起时，是世界冷战的符号和标志；它坍塌时的撕裂声，又成为东欧剧变和苏联解体的前奏曲。

这是一堵什么样的墙？我有着强烈的好奇。到了柏林，不能不一睹尊容。

10月下旬的柏林，有些寒意。好在天气不错，阳光明媚，温度在5摄氏度上下。吃过早饭，驱车前往柏林墙遗址。我们住宿在柏林的宾馆，离柏林墙仅二十分钟的车程。

现存的柏林墙残迹，约1.3公里长，我们看了一段四五百米的围墙，足有四米多高。整墙被涂鸦覆盖，涂鸦面积据说属世界之最，原有长达二十多公里，有几千幅水粉画。内容涉及社会政治、经济、文化、艺术、日常生活，有歌颂的，有诅咒的，有写真的，有讽刺的，谈吐吟唱，嬉笑怒骂，是一个世界涂鸦艺术家的乐园。作者有世界著名的涂鸦大师，有知名的画家，也有工人、农民、中小学生。最著名的一幅画莫过于"兄弟之吻"。作者是莫斯科艺术家迪米特里·弗鲁贝尔。他根据苏联与民主德国两国领导人会面的照片而画。画面上两个老男人紧紧拥抱在一起，深情互吻。柏林墙倒塌之后，这幅画被拆除了。现在只能看到这幅画高高地矗立在柏林墙对面一栋建筑上。

坍塌之后的柏林墙边再现这样一幅画作，给人太多的想象空间。这绝不是两个男人的"同志"之吻！那是什么？是东西方之吻？两种制度、主义之吻？

残存的柏林墙，现在是柏林一个旅游景点。墙边，一个小贩摆放着当年柏林墙的历史照片，显示当年柏林墙的情形，这些照片把游人带进流失的时光隧道。

二战后，纳粹德国被苏、美、英、法分四区占领。德意志联邦共和国与德意志民主共和国相继成立，两个德国成为东西方阵营交锋的前沿，各事其主，互不相让。东德于1961年开始沿着与西德的边界架设铁丝网，后多次修缮加固，成为混凝土围墙。有155公里长，三至四米高。东德称之为"反法西斯防卫墙"。主要是为了阻止东德人投奔西德。1989年11月9日，屹立了二十八年的柏林墙轰然倒塌，1990年两德重归统一。

柏林墙作为反法西斯的屏障而出生，以围堵民众出逃为己任。十分耐人寻味的是，自从有了柏林墙，各种穿越柏林墙的技术就应运而生。围堵与反围堵，立墙与破墙的博弈一天也没停止过。破墙、穿墙、逃亡的技术也在东德达到了登峰造极的水平。据说德国分裂后，约有250万东德知识分子、技术人才、年轻劳动力流往西德和其他西方国家，筑墙防逃成为东德的不二选择。

但是，用混凝土、铁丝网构筑的围墙，远没有东德人投奔西方意志的坚毅，挡得住人体却挡不住人心。柏林墙从矗立到坍塌，从铁丝网到混凝土，由一层防线到十五层防线，围堵与反围堵，此消彼长，魔高一尺，道高一丈。防御进一步，逃亡之技高一招。柏林墙存在的二十八年间，东德人研究出十二种以上的逃亡办法：跳楼（有的围墙连着居民住房，因而同一栋楼前面在东德，后面在西德）、穿墙、翻墙、借助小汽车（人藏在后备厢、底盘）、潜水、躲在电缆卷筒里、穿过地下隧道等等。总之，逃越柏林墙的诱惑，极大地丰富了东德人的智慧和勇气，上演了很多悲壮惨烈的逃亡故事。1979年的一个深夜，东德黑色夜幕上空出现一个高度为二十八米的欧洲史上最大的热气球。当这个热气球接近柏林墙地域时，被东德地面警察发现，就在警察准备朝热气球开枪时，热气球迅速爬升两千六百米，随后不知去向。二十八分钟之后，热气球落地了，上面装了两个东德家庭，大人小孩共八个人。他们既不是运动员，也不是科学家，他们对气体动力学一无所知。自从萌生了用热气球逃出东德的想法之后，他们买来书籍，学习有关原理。购置了大量的纺织品，一次次试验，掌握了热气球飞行所必备的材料学、工程学、物理、化学、力学等知识后，带着家人和孩子就上天了。他们把一切交了上帝，在天上飘了二十四小时后着陆。西德一位边防军人发现了他们，笑着对他们说："你们自由了！这里是西德的领土。"

我想，两家人八条性命，茫然飘向天空，需要多大的勇气？为什么？就为那个军人说的"自由"两个字？

这两家人是幸运的。要知道，柏林墙的防御是高水平的：三百多座瞭望塔，二十二座碉堡，六百多只警犬，有钢制拒马、音响警报缆、反车辆壕沟、无草坪空地。荷枪实弹的一万四千名武警二十四小时站岗，一旦发现越墙者瞬间就可以开枪击毙。因为国家下达了"开枪射击令"。柏林墙建成至1989年，共有5043人成功越墙逃入西柏林，3221人被逮捕，239人遭击毙，260人受伤。我们沿着柏林墙前行，不时看见墙边立有一米多高的白色十字架，陪同我们的德国朋友说，那正是一个逃亡者魂飞魄散的见证。

是什么力量让东德人这样舍生忘死、前赴后继？我没研究过统一前东西德经济发展和人民生活水平的差异。从资料上看，东德国土面积不及西德一半，人口不到西德三分之一。1988年，东德的人均国民收入为9309美元，而西德则达15881美元。德国的朋友告诉我，战后东西德分别被美国和苏联控制，两个尿不到一壶的主子，给自己的小兄弟嫁接了完全不同的价值观和发展模式。加上西德参加了"马歇尔计划"，国民人均获得一百四十马克的补贴。西德实行"有良心的资本主义"，获得了近二十年的高速发展，外汇储备在上世纪70年代超过美国，成为世界第一。经济增速很快超过英国、法国，仅次于日本。而苏联执意要在东德报仇雪恨，苏联在二战中死伤两千多万人，斯大林要德国支付一百亿美元的战争赔款，实际在东德索取了一百二十五亿美元，东德居民因此人均负债两千五百马克。苏联索债达到了疯狂的程度，连铁轨、管道、工厂、汽车都拆走，拉回国内。昼夜兼程，据说拉了四十多万节火车皮。同时，又在东德复制"斯大林版"计划经济体制。尽管如此，东德在社会主义阵营，经济发展水平仍属最好最快的，人民的生活水平也是走在世界前列的。可为什么那长达一百五十多公里、高达三四米的柏林墙仍挡不住东德人的逃亡呢？有人琢磨出这样的道道：柏林墙是一种意识形态的墙。这种意识形态把人看成国家财产，既然是国家的，代表国家的管理者就有权决定你的工作生活，包括你读什么书、说什么话。这是个"去人格化"的过程，使人成为物。

或许，东德人破墙而出不外乎是吸一口不同的空气而已。

所以，当信念倒塌的时候，再坚固的砖石之墙也不过是一片纸墙。围墙越高，越坚固，越严守，坍塌得越快。

追求美好生活是人类的天性，剥夺天性的围墙倒塌成为必然！

2016年于南昌

玛利亚广场的时钟与乌尔姆小镇

——联想到德国制造

看玛利亚广场，吃慕尼黑肘子，喝"纯种"黑啤酒，是慕尼黑到访者的"三件套"。

玛利亚广场又称市政广场，是慕尼黑市中心。广场中间是圣母玛利亚的雕像，她是慕尼黑的保护神，站在高高的大理石柱子上，俯视周围发生的一切。广场的北侧矗立着哥特式建筑市政厅。这是一栋建于1867年的建筑，先后历时四十年才完工。在它八十五米高的钟楼上，有一组著名的玩偶报时钟。每天上午十一点、十二点，下午五点，晚上九点报时。随着钟声敲响，三十二个木偶，依次从塔阁内走到前台窗口，踩着音乐节拍，载歌载舞，再现1568年威廉五世新婚大典盛况。它们一米多高的个头，着装华丽，表演幽默。传说，1516年慕尼黑发生大鼠疫，全市几千人丧生，市民纷纷外出逃命。全城十室九空，几成一座死城。威廉五世为了重振慕尼黑人气，在市政广场举行新婚大典，游行庆祝。慕尼黑从此开始兴旺繁荣。为了纪念这一盛典，在市政厅钟楼的五六层设置了木偶报时钟。一百多年过去了，木偶报时钟一天四场，延绵不断，分秒不差，精准播报，始终是慕尼黑游人趋之若鹜、历久弥新的一个景点，足以展示德国制造业的历史水准。

　　离开慕尼黑，我们前往乌尔姆一家叫乌尔曼的公司洽谈商务。乌尔姆是一个位于多瑙河边的小城，爱因斯坦的故乡。人口不过十二万，却是德国制造业的中心，也是欧洲经济最具活力、竞争力的地方，被誉为欧洲工业、高科技和科研创新力的高地。印象中的乌尔姆，就如同国内一个工业园区，规模不过一个县城。乌尔曼公司就在这个"镇"上。这是一家制造药品包装生产线设备的企业，1948年成立，最初生产体育器械，后来转向生产药品包装生产线，同我方企业有着长期的合作。早上九点，乌尔曼公司派员到宾馆接我们，二十几分钟的路程就到了乌尔曼公司。办公室门口挂上了德国、中国的国旗及公司的旗帜。公司的销售总监在门口欢迎我们，并请来了老乌尔曼的夫人给我们介绍情况，表示欢迎。乌尔曼是一个家族式企业，老乌尔曼已经去世。现在的董事长是乌尔曼的儿子。乌尔曼夫人说，儿子不在家，正在外地从事一桩商务谈判。销售总监比尔介绍公司的情况，乌尔曼公司长期专注药品包装生产线设备制造，药品压片、封装、瓶装、盒装、包装，均可在一条生产线上完成。就是说，药品原料进入生产线后，制药企业的产品就可以运送到客户指定的地方。乌尔曼公司的销售遍及世界各地，产品占世界同行业市场份额的60%以上，在中国的销售达30%，年销售额1.6亿欧元。公司的目标是用几年的努力，争取对中国的销售总额在现有基础上，增加三个零。随后我们看了公司的各个生产车间，同国内生产车间机器轰鸣、人头攒动的情景相反，这里的车间显得清静、寂寞。数控机床按电脑设定运转，没有工人伺候。车间里有三三两两的技术人员围在一起，小声商量着什么，或在停止工作的设备前鼓捣着。公司订单式生产，按照客户的需求，量身定做。大大节省了仓储、财务费用。其产品研发、加工能力，反映了德国机械制造业水平，用材考究，加工精细，工艺先进，每个零部件都是一枚工艺品。

由此我想起了两个发生在中国的故事：2010年，一位在华投资生产齿轮的德国商人参观青岛江苏路的基督教堂，发现教堂钟楼的报时钟正是由他的家族企业生产的，距今已经一百多年。那位德国商人看了钟表的运行状态表示：根据目前齿轮的使用情况，这座钟再用上三百年没问题。另一个故事是1907年由德国人承建的兰州中山桥。当年建桥合同规定：该桥自完工之日起，保证坚固八十年。1949年解放兰州战役中，桥梁中弹受伤，但桥身安稳如常。1989年，桥梁保固期满，德国专家对它进行全面体检，声明合同到期，并提出加固建议。如今，中山桥依然安稳如故，照常使用。

德国考察途中，我与陪同的宋先生一路聊德国的发展。他从德国人的产品谈到到德国人的人品，给了我很多启发。

勤劳、规矩、诚实是德国人的共同特点。夜半十二点开车遇到红灯还照样停车的，世界上也只有德国人了。德国人的严谨是世界有名的，埋头苦干，绝不苟且。就像马丁·路德说过的，"即使我知道整个世界明天将要毁灭，我今天仍要种下我的葡萄树"。据说德国的家庭主妇个个爱洁成癖，黎明即起打扫庭院，整理得井井有条，一尘不染。早上送走丈夫孩子之后，双腿跪在地上，将家里每一个角落都擦洗得干干净净。全体民众的踏实勤奋、不折不挠，使德国经济社会发展始终走在世界的前列，成为世界第四大经济体。最让我佩服的是德国人的实事求是精神，他们能够真诚地为二战遭受纳粹德国迫害的国家和民族道歉，并且以实际行动弥补当年的过失。

或许正是这样一种民族精神，成就了一个"德国制造"。我手头没有最新的数据，但从2010年德国制造业出口占全球的比重看足以使人瞠目结舌：电力传输工程、材料处理技术、机床、食品加工包装机械分别占全球市场的26%、22%、23%、26%。2011年,德国提出"工业4.0"计划,大力推进制造业转型升级。

德国制造业长盛不衰,有人从文化的角度归纳出一些带有规律性的东西,那就是德国人坚守专注精神,标准,精确、完美、秩序主义。德国人可以几十年、几百年专注一个产品。理性严谨,不以大而傲物,而以强为目标;同时,这是一个离开标准寸步难行的国度。全球三分之二、超过三万项的国际制造标准来自"德国标准化学会标准—DIN";再就是精确、完美、秩序主义。德国人做事讲究精确,从来没有什么"差不多"的概念,任何产品、服务,都力求完美至臻。此外,就是特别依赖和习惯遵守秩序,离开了秩序就会感到焦虑和寸步难行。据说不分男女老幼,人手一册《日程日历》,一切活动提前安排,很少有即兴决定的活动。

"德国制造"或许就是一个民族性格的物化形态!

2016于南昌

科隆大剧院看探戈

去一趟南美，下了很长时间决心。之所以举棋不定，主要是因为太远，飞行时间太长、太辛苦。犹豫再三，还是登上了飞机。从上海飞阿姆斯特丹，花了十一小时。在阿姆斯特丹经停五小时后，再在塞满人和行李的经济舱沤了漫长的十四小时，抵达阿根廷首都布宜诺斯艾利斯机场时，人就像从菜坛子里的扯出来的腌菜，面色蜡黄，差不多奄奄一息了。

布宜诺斯艾利斯华人商会会长罗先生率队在机场迎接我们。他们的盛情遣散了我的一脸疲惫，但此时最大的需求仍是美美地睡一觉。而主人的安排却是欢迎宴会，接着是观看阿根廷国粹——探戈。

关于舞蹈，我属"舞盲"。无论是民间舞、现代舞、当代舞、芭蕾舞，还是独舞、群舞、霹雳舞、机械舞、拉丁舞，素无兴趣。所以，对于主人的盛情，出于礼节，我木然接受。在一番公式般的"感谢""欢迎"晚宴之后，我们马不停蹄，赶往科隆大剧院。

踏进这座剧院是我进入阿根廷的第一个震撼：大剧院位于七九大街广场，是布宜诺斯艾利斯闹市区，一座三层的花岗岩建筑。始建于1889年，是一座典型的文艺复兴式的庞然大物。大理石走廊有无数根圆柱，像一尊尊雕塑，耀眼的金箔熠熠生辉。满屋的黄金镀抹，一排排晶莹透亮的菱形吊灯，把剧场映照得富丽堂皇，金光灿灿。地面铺着红色天鹅绒地毯,古典的奢华、文化的厚重、现代的气派恰到好处地融为一体。据说,最让阿根廷人骄傲的是剧院绝妙的音响效果,完美到了无以复加的地步。难怪科隆大剧院是仅次于纽约大都会歌剧院和米兰拉斯卡拉剧院的世界第三大歌剧院。

阿根廷原属西班牙殖民地。以西班牙、意大利后裔人为主,少量的印第安土著。布宜诺斯艾利斯有南美"巴黎"之称,城市建设、文化习俗延续了西班牙的传统,官方语言为西班牙语。现行的城市建设均是一百年前西班牙人的规划,横街直道,方方正正,每百米一个红绿灯,规规矩矩。最令国人骄傲的是七九大道,百年前的规划,双向二十四车道,是城市标志性的建设。阿根廷人骨子里,烙印着欧洲文化的元素,既具绅士的做派,又难掩斗牛士的勇猛与激情。从国人痴迷探戈、探戈成为国粹可见一斑。主人安排的第一个项目就是看探戈,或许正是要我们从骨子里了解阿根廷人。

今晚的探戈舞在科隆大剧院上演。

探戈起源于非洲,流行于阿根廷,当初是年轻人表达恋情的舞蹈。舞步肢体晃动幅度很大,特别的是男女舞伴头部左右一百八十度的摇摆,据说是表现年轻爱侣用警惕的目光发现情敌。我们在大厅坐下,面前摆放着类似酒店用餐的圆桌,盖着白布,场面并不大。演员的演技无可挑剔,看上去平均年龄或许在四十岁以上,年长的舞者,至少在六十岁以上。在音乐的引导下,男女舞伴,优雅地出场,轻盈的脚步踩着悠扬的音乐节拍,转动着柔软的身段,那种默契、技巧、素养,融在一招一式之间,表达得淋漓尽致,丝丝入扣。随着音乐节奏变化,舞者大幅度叉步、踢腿、跳跃、旋转，舞步华丽高雅，热情奔放又变化无穷。表现的情绪或激越奔放，或疾世愤俗，或感时伤怀，与观众同振共鸣。大厅的看客无不"心"临其境，如醉如痴，摇头晃脑。演员、音乐、舞步的默契，简直就是大风中的雨点，随意飘洒，天意而成，叹为观止。台上台下，思绪交融，演出期间，不停地爆发掌声。连我这样的"舞盲"，也被深深地感染，好像自己置身舞台，心扣琴弦，伴舞起伏，险些手舞足蹈起来。一个多小时演出，如同经历过一场灵魂的洗礼，两天没有上床休息的疲乏，一扫而光。我们面前服务生上的饮品、茶点都还没品尝，演出就结束了。

　　探戈之所以在阿根廷流行，是由于阿根廷人的感情奔放，还是来源西班牙、意大利后裔的血脉传承，我没有考究。但阿根廷人追求思想独立和精神自由的个性不言而喻。据说，阿根廷百分之七十的成年男女不结婚，但有家庭、有子女，没有婚姻，这是一个有别于世界各国的婚姻家庭关系。是西班牙人浪漫的传统还是现代社会发展的必然？不受一纸婚约约束，来去自由，离合轻松，或许不失为一种选择。

2016年于南昌

老虎睡觉我站岗

　　与埃塞俄比亚紧邻的肯尼亚，地处东非高原，平均海拔为一千五百米。赤道横贯中部，东非大裂谷穿越南北，国土面积相当于我国四川省。雨量充沛，气候温和，是撒哈拉以南非洲经济基础较好的国家之一。四千多万肯尼亚人与各种动物为伍，五十八万多平方公里的国土上，散落着六十多个野生动物园，其中二十六个是国家级野生动物保护区。而位于肯尼亚东南部与坦桑尼亚交界的马赛马拉国家野生动物保护区，堪称野生动物"园中之冠"。朋友告诉我，那是世界上人与动物相处最密切、最和谐、最友善的地方。去了肯尼亚，一定要看看马赛马拉国家公园。有了这样一个概念，我们忙完了在内罗毕的商务活动，坐上汽车，直奔目的地。

　　马赛马拉是肯尼亚一个游牧民族，也是个少数民族，过着极原生态的生活。我们参观了一户居民家，弯腰走进一所黑咕隆咚的圆顶屋子，墙壁是干牛粪叠起的，屋里松软富有弹性的地面，也是干燥的牛粪做的，人与羊羔同住一屋。这个民族一夫多妻，最多的一个男人娶了十九房妻子。但每个妻子必须有一处住房，并且要从男人那里分到一些牛羊。原始生活或许构建了他们与野生动物间的友谊。进入马赛马拉，一望无际的原始丛林展现在眼前，杂草、丛林逶迤起伏，连着天际，远处的乞力马扎罗雪山，在蓝天白云中耸立，夕阳下银光灿灿。马拉河及其支流，任性地挥洒在草原上，或翻滚咆哮，或涓涓细流。径流之地，一片苍翠。雨季，马拉河常常大发淫威，裹着泥沙，卷着树木、动物尸体，肆无忌惮，横行原野。每年九月间，几十万头角马，成群的瞪羚、斑马，黑压压的象群和悠闲独行的犀牛，踏着满地青翠，从坦桑尼亚北部的塞伦盖蒂大草原，自由地漫步到马赛马拉。这支浩浩荡荡的动物大军队伍，延绵十几公里，长途跋涉八百公里之遥。而紧跟着这些食草动物身后的，是虎视眈眈，垂涎三尺的狮子、猎豹等肉食动物。美国作家海明威在《非洲的绿色群山》中生动地描绘过这里动物多样性的状况，中央电视台曾制作过一档《动物世界》，选取的外景大都出自这里。

　　来马赛马拉看动物最大的不同，是人与动物自由的错位。动物在原野自由行走，人被关了起来。公园把到访的旅行者安排在一辆辆汽车上，每辆车乘坐七八个人。车经过特殊改装，每个座位头顶，有一个可掀开的天窗，供游人伸出脑袋，观看草原上的动物。由于游客众多，常常是十几、二十几辆车一同出发，每辆车都用对讲机互通信息，一旦前面的车辆发现动物群，立即与同行的车辆联系，便于大家观看。就在我们摇摇晃晃颠簸在坑坑洼洼的路上的时候，走在前面的一辆车突然停下不走了，车上的喇叭也叽里呱啦响起：stop, stop。车内的人一个个从座位上弹起，推开天窗，看看什么情况。原来一只老虎正趴在道路中央睡觉。那是真正的拦路虎：毛色金黄，黑须铜爪，足有两米的身段，蜷缩在路上，足足把简易的公路塞得满满当当。公路的两边是泥泞的沟壑，汽车无法绕道通行。大家操起相机，给睡梦中的老虎拍照。后面的车辆只能望虎兴叹，车越积越多，老虎依然酣睡，还没有半点起床的意思。双向行走的汽车，见首不见尾地停了几十辆，几百名看客，无论你什么态度、什么心情、什么想法都别无选择，统统给老虎站岗值班。

肯尼亚政府有法律规定：在动物园里，无论什么人都不能有惊扰、驱赶、猎杀、虐待动物的行为。

不知不觉，天色渐晚。一轮落日挂在天际，湛蓝的天空，缓缓飘过一片片白云，远山重峦叠嶂，青翠若黛。近处有一片湖水，成群的野牛、麋鹿、野猪，晃动着臃肿的身躯，来到湖边饮水，太阳余光，把它们的倒影勾画得惟妙惟肖。好一幅色彩丰富、层次分明的非洲草原生态画。

老虎这一觉可没有少睡，足足七十分钟。它眨巴眨巴眼睛，缓缓地扬起头，慢慢地腾起前脚，换了个姿势，继续它的好梦。又过了十几分钟后，才慢条斯理地起身，朝路边的丛林走去。

这是我平生第一次站岗，而且是为一只老虎。

在肯尼亚，在马赛马拉，体会最深的莫过于人与自然、人与动物的关系。"把人关起来，让动物们自由活动"，是肯尼亚的理念。在这里，我们感觉动物们才是这里的主人。汽车行走在马赛马拉公园，道路两旁随处可见到斑马、猎豹、羚羊、狮子、狒狒在草丛里游荡穿梭。汽车停下来，路边会突然蹦出一只猴子、狒狒，爬上汽车引擎盖，或大大方方攀上倒车镜，照照镜子里的猴像。我们在安姆博赛里公园，入住的是一家韩国人的酒店。酒店位于一个空旷的原野，周围用铁栅栏当围墙，入夜禁止游人出墙。既防止游人对动物的惊扰，也防止动物对人造成意外伤害。

我想，人与自然，人与植物、动物，严格意义上都不过一个或长或短的生命过程。这个生命过程又相互联系着、支撑着、影响着，是一个利益相关的生物链。植物茂盛，动物兴旺，才会有更适宜人类的生存环境。亲近朋友，就会有更多的朋友。人类只有真正地把动物当作朋友，朋友才会真正团结在人类的周围，才能共同支撑起一片蓝色的天空！

亲近动物朋友，是保持对它们的一份尊重。不轻易伤害它们，尊重它们的生活、生存方式。而不是把它们关在铁笼子里，给它们喂鸡、喂鱼、喂牛奶、喂香蕉，让它们整天坐在铁笼子里，面对人头攒动的观众。当然，我们也不可能像非洲丛林那样，把人关在笼子里，让动物变"市民"，在闹市的大街小巷随意、悠闲地嬉戏。人类文明的水准，从某种意义上说，是一个处理人与环境、人与自然界关系的水准。人与环境、自然界的协调程度，表现的是人类的文明程度。

从这个意义上说来，我为老虎站一回岗，应该！

2016年于南昌

圣彼得堡的男人和女人

　　圣彼得堡，又称列宁格勒。地处波罗的海沿岸，涅瓦河口，是俄罗斯的第二大城市。近五百万人口，一千四百多平方公里，有四十二个岛屿，由四百二十三座桥梁连接。它曾经是俄罗斯的首都，城堡巍峨，皇宫奢靡，教堂气派，是一座历史文化名城。圣彼得堡是个人文荟萃、人才辈出的地方，列宁在这里指挥过十月革命，普希金、车尔尼雪夫斯基等文学巨匠，以及现在的政治明星普京等都是圣彼得堡人。这里历来知识分子云集，学者文人荟萃，思想活跃，又是西欧的门户。

　　从1703年修建城堡算起，圣彼得堡建城有三百多年的历史。岁月留给它的故事悠长而悦耳、悲戚而委婉。最让我难忘的故事都与男人与女人相关。

　　一群女人繁荣了一座城市。圣彼得堡地处芬兰湾的东南岸，有直通白海和芬兰湾的涅瓦河。涅瓦河在这里一分为三，形成三条水道，圣彼得堡就在这三岔口的岸边。17世纪这里属于瑞典的国土，沙皇彼得一世为了夺取向西欧的出海口，不惜用二十一年的北方战争，夺得涅瓦河口的大片沼泽地，并于1703年下令在涅瓦河口修建城堡，向过往船只征收石头建城堡，抵交税收。城堡建成后，取名圣彼得堡。边关条件艰苦，皇宫大臣不愿在这里镇守，于是彼得一世又下令征召全国美女到圣彼得堡，引得朝廷官员趋之若鹜，纷纷落户这里，城市迅速扩张。1713年，彼得一世下令把首都从莫斯科迁到圣彼得堡。

一个女人成就了一个强大的民族。这个女人是女皇叶卡捷琳娜二世。她原本是德国人。传说在她九岁的时候，有人问她长大了干什么？她不假思索地说要当俄国沙皇。果然，十八岁的叶卡捷琳娜下嫁给彼得三世。彼得三世荒淫无度，叶卡捷琳娜利用丈夫的情人，推翻皇位，三十三岁的时候自己当上沙皇。她在位三十四年间，为俄罗斯扩大了九十多万平方公里的国土面积。她理直气壮地修建了圣彼得堡的凯旋门，引进欧洲古典主义，把"皇村"打造成一座霸气而又娇媚的叶卡捷琳娜宫。从此圣彼得堡有了冬宫、夏宫、叶卡捷琳娜宫。

一个女人毁了一代诗圣。那是普希金的女人。普希金是圣彼得堡人，与十二月党人过从甚密。他的不幸是娶了一个聪明漂亮的女人。这个女人不甘寂寞，既身为人妻又背着丈夫和宪兵队长丹特斯好上了。普希金发现后，痛苦不堪，执意要和丹特斯做个了断，两人相约一处决斗。武器是枪，方法是各自背向走三步再转身开枪。普希金终究是书生气十足，老老实实践行着双方约定的规则，而丹特斯则在向后走了两步的时候转身开枪，普希金傻了吧唧地丢了性命，丢了夫人。我不知道普希金向后转三步的那段时间在想些什么，或许是在吟诵一首决斗的诗，还是在幻想爱情的玫瑰？也许他心里根本就没把身后那个丹特斯当作情敌。我在普希金塑像前遐想：兄弟啊，你要是在背向丹特斯第一步就转身开枪，那该多好！找回了爱情，灭了情敌，还能给读者留下更多不朽的诗章。

有人说，普希金与丹特斯的决斗是沙皇政府策划的阴谋。因为普希金的文学作品表现了太多的反对沙皇专制、向往自由的思想。当然不能排除这个可能，因为爱情常常与阴谋相伴，历来就是实现阴谋的最好武器。

可我要说的是：格斗场上没有诗，写诗不在格斗时。

一个男人的气势挺起一座城池。二战期间，纳粹德国军队围困圣彼得堡长达八百七十二天，封锁了交通与生活补给。堪称近代史上主要城市被围困时间最长、破坏性最强、死亡人数最多的包围战。六十多万人死于饥饿与严寒，两万多人死于空袭与炮击，三千多栋建筑被毁。在艰难的岁月里，斯大林派朱可夫接替伏罗希洛夫就任列宁格勒保卫战总司令，朱可夫否决了伏罗希洛夫卷铺盖走人的方案。他告诉红军将士和市民：坚决保卫列宁格勒，直到最后一个人，朱可夫与你们同在，一直坚持到德国法西斯撤退。朱将军很男人气概的话，大大激发了军民坚持战斗的勇气，终于赢得了胜利。今天，圣彼得堡还辟有一处朱可夫公园。

圣彼得堡被德军围困得半死，坊间还有一说，是斯大林对圣彼得堡的偏见所致。他对列宁格勒保卫战支持不力，企图借德国人的手，困死城内那些喜欢说三道四的学者和知识分子。我怎么也不愿认同这个猜想，难道当权者都不看好知识分子？

圣彼得堡另一个男人的死，引发了一场血流成河的灾难。1934年12月1日，前苏共中央政治局委员、列宁格勒第一书记米若诺维奇·基洛夫在办公室门口被枪杀。基洛夫与斯大林有着良好的私人关系，曾是斯大林内定的继承者。斯大林闻讯暴跳如雷，立即乘专列前往列宁格勒，过问此案，亲自审问凶手，并枪杀了凶手尼古拉耶夫的妻子、亲友十三人，镇压了一百零三名近卫军成员。斯大林在未经政治局讨论和批准的情况下，自己动手修改了苏联刑法，开始了历时四年的肃反运动。苏共十七大选出的一百三十九名中央委员中，九十人被处决，一千九百九十六名十七大大代表中，有一千一百零八人遭逮捕。领导十月革命的二十九名中央委员中，十五人被枪杀。上至元帅，下至士兵，专家学者、政府首脑，一大批被冠以"反革命分子"遭枪杀。1935年苏共党员二百三十五万，到1938年只有一百九十二万。

这场"大清洗"弥漫在莫斯科上空的血腥味，丝毫不亚于列宁格勒保卫战。

有关基洛夫被刺，2009年俄罗斯联邦安全总局解密了一批文件。但坊间说法有不同版本。一说是斯大林从基洛夫被刺感到了党内日益尖锐的矛盾，必须肃反，要为基洛夫报一箭之仇。又一说是，基洛夫的死或许就是斯大林策划的，一石二鸟。灭了基洛夫，又把此事栽赃给敌对者，为"清党"找了一个借口。据说在列宁格勒的选举中，反对斯大林的选票达三十八票，而反对基洛夫的仅有一票。

无论上面的猜测是否成立，作为政治家的基洛夫，似乎也与文学家普希金一样憨厚清纯。咋就不明白功高盖主、树大招风的道理？鸟尽弓藏、兔死狗烹，或许是一个政治铁律。谁叫你的选票比斯大林还高呢？

唉，基洛夫不死才怪！

但愿这样的悲剧，像涅瓦河滚滚流向波罗的海一样，一去不复返！

2016年于南昌

探访尼日利亚

一、入关——三瓶风油精

缘于和央企的合作意向，我去了一趟尼日利亚。因为信息不对称，踏上这片国土，始终怀着一种忐忑不安的心。

从媒体上找到的信息看，尼日利亚在非洲有相当的知名度。它是一个非洲古国，是民族最多的非洲国家，是非洲最大的石油输出国，石油出口收入占国家全部收入的95%。又是非洲的人口大国，共1.5亿人口。有一个笑话说尼日利亚人自称是世界第三经济大国。显然，第一、第二是美国和日本，老三非尼日利亚莫属。后来尼日利亚总统到中国访问，下飞机一看，才知道中国发展也不错，从此开始谦虚地自称世界第四。除了公布于官方文件的信息之外，还有两个指标是在人们私下议论和流传的。一个是腐败，尼日利亚的腐败在世界上颇有名气，据2014年透明国际的一百六十八个国家清廉指数排名，尼日利亚排在一百三十六名，属于严重腐败国家。另一个是国家安全，尼日利亚排在世界最不安全的国家之首。尼日利亚最大城市拉各斯被评为全球最糟糕的旅游城市。有了这些概念，我们的尼日利亚之行就变得十分谨慎。

据说尼日利亚海关官员特别注意入境的外国人，通关时千方百计挑毛病。为此我们同行的一起商量对策，让持公务护照的同志在前面开道，持商务护照的随行。好像是为了证实我们的担心一样，在拉各斯机场入关的时候，我们首先见识了海关官员的寻租技巧。

我被推为一行的"领头羊"，当我递上公务护照和入境卡时，一个棕色皮肤的女关员对我诡秘一笑，再低头看我的证件，目光从护照到入境卡来回扫了两遍，又看看护照封面背面。迟疑了一会儿后发问："官员？什么官员？"

我不懂她说什么，忙把翻译让到前面。

"为什么来尼日利亚逗留这么多天？"她继续发问。

翻译一一给她解释。

她依然不罢休，示意我们带上行李，去入关口边上一间小屋。

进到小屋后，她命我们打开随身手包和行李箱检查。屋里只有我和她及翻译三人，她从我的行李箱、手包中翻了个遍，并未发现什么违禁的物品。看得出她有些手足无措，有些无奈地拎出我手包里的洗头膏、脸霜、沐浴乳等，对这些说"NO"。然后又把捏在手里的护照、入境卡端在手上，仔细寻找什么。好像终于有了发现："你这入境卡填写模糊！"

我不服气，要她指出哪里模糊。

翻译示意我不要和她理论，从口袋里抓了三瓶风油精塞到她手里，顺便从她手里拿回了护照和入境卡。她微微一笑，"OK，OK"一通就算是解决问题了。我后面的几位同行也很快通关。

通关的这出戏在我脑海里很长时间不能抹去。

二、旅途——两支猎枪壮行

到尼日利亚首都阿布贾，正是2007年元旦的晚上。第二天一早，我们收拾行李，准备趁着节日，去看项目工地的中方经理和雇员。主人为我们安排了两辆沙漠王子，我们把行李装车后，司机从屋里背来了两支崭新的双管猎枪，两支步枪。

我有些吃惊："还用带这个？"

"带上它，用不上更好。"主人笑笑又补充说，"这里的治安不是太好，特别是公路上，时常遇到劫匪。带上它，有备无患。"

原来，鉴于当地的治安形势，尼日利亚当局允许外国公司装备必要的枪支弹药，以防不测。只要外方企业申请，一般都可以获准配枪。

吃过早餐，我们就上路。阿布贾距项目工地二百多公里路程。汽车很快离开市区，进入广袤的旷野，坑坑洼洼的泥路，天空灰蒙蒙的，空气中弥漫着浓烈的尘土气味。举目所及，大地山川，一片焦土，越往前行，尘土味愈加浓烈。同行介绍，这里靠近撒哈拉大沙漠，所以味重。公路两边，不时出现一个小摊点，用木板竹棍支撑，上面堆放的全是白薯，个头硕大，看上去一个足有七八斤。也有树干上挂着一只汽车轮胎，示意可以修理汽车。

车行不到半小时，速度放慢了。我们朝前方看，去路被拦截了。三个警察模样的人，敞着胸口，歪戴着帽子，手提着一支枪，其中一人扬起手，远远地示意我们停车，横在前面的是一根足可以横贯全部路面的路障。路障的一端拴着一根绳子，牵在一个警察手里。汽车快要接近警察的时候，眼前的路障真叫人一身冷汗：一根足有六七米长的工字钢，上面栽满了密密麻麻的钢钉，每根钢钉足有二十厘米长短，钉尖锋利，寒光逼人。无论什么车，都叫你插翅难逃，乖乖地接受检查吧。车停下了，开车的黑人司机与路边衣冠不整的警察叽里咕噜说了几句什么，路对面那位手牵着路障的警察，立即把横在路面的"钉耙"拖直，为我们放行。路边的两名警察撕开棕黑的嘴唇，露出白色牙齿，朝我们微笑。我从车窗里看见，那个拖动路障的警察，躬起身子，朝我们汽车轮番伸出拳头，口里振振有词："嗨——嗨——嗨——"我们的车继续前行。

　　我对这一刻的遭遇疑惑不解。翻译告诉我，刚才是遇上了警方的检查站。这种检查站差不多每三五十公里有一个，警察荷枪实弹，名义是查大麻。因为尼日利亚毒品走私猖獗，是世界四大毒品基地（一是阿富汗、巴基斯坦、伊朗交汇的"金新月"地区；二是缅甸、泰国、老挝的"金三角"地区；三是哥伦比亚、厄瓜多尔、玻利维亚交界的"银三角"地区；四是尼日利亚、加纳、肯尼亚、苏丹边境地区"黑三角"）之一。尼日利亚毒品贩运猖獗，其中大麻为拳头产品，所以不得不出动警方沿公路设卡围剿。中国是尼日利亚经济技术合作重要伙伴，中国企业在尼有良好的信誉，2011年，中国企业在尼累计签订承包工程项目四百亿美元，居非洲第二。所以，尼日利亚人民对中国人民非常友好。刚才黑人司机介绍我们是中国的中央企业，所以免检放行。至于那个"嗨——嗨——嗨——"的警察，见我们是中国人，就学中国武打片中的动作。因为中国的武打影视片在非洲特别受欢迎，收视率很高。

　　据说这些路检警察，良莠不分。敞胸露臂不说，有的检查站，人还是那帮人，枪还是那杆枪，白天以警察的名义查毒品，晚上警服一脱，光着膀子，干起了打劫的勾当。

　　难怪我们后备厢里藏着家伙！

　　这让我们想起了一句耳熟能详的话：警匪一家。但在非洲，已经演变成"警匪一身"了。

　　非洲的腐败，吸引和麇聚了世界的不良商家，他们盯上了联合国或世界各国的援助项目。譬如一个自来水项目，外援资金是十万吨的规模，他们与当地官员勾结,往往按十万吨筹资金,八万吨设计,五万吨施工,把黑来的五万吨资金打点给当地官员。更有甚者,通过各种手段,把援助项目资金从银行骗出来,一分钱项目也不干,卷钱跑路。

三、街景——无以言表的混乱

1991年之前,拉各斯还是尼日利亚的首都,西非第一大城市,人口近八百万。那是一个海滨城市,由六个小岛和大陆组成。17世纪开始,葡萄牙、英国等殖民主义者从这里贩卖奴隶,1914年成为尼日利亚首府,独立后成为尼日利亚首都。这里集聚了全国三分之一的职工,百分之六十的工业产值。海风椰韵、天然良港、现代都市、风景秀丽等等美好的词,是我想象中的拉各斯。我们以极大的热情奔向拉各斯,可拉各斯给我们的几乎全部是失望。

失望从汽车进入市中心的奥克塔大桥开始。拉各斯是个海岛连接的城市,桥自然是城市的主要交通设施。主人告诉我,拉各斯市中心,人口稠密,车辆拥挤。千万不能开车窗,也不要理会敲窗叫卖的小贩。汽车从引桥上来后,眼前的情景让我们吃惊:车在人流中,人在车流中,满眼都是脑袋在晃动,脑袋上都顶着一个托盘或器皿,上面装着食品、百货或小电器,一双双手臂,挥向身边慢慢挪动的汽车,声嘶力竭地推销自己的商品。我们正在爬行的汽车,时不时有手指或拳头敲打出的“嘭——嘭——”声。叫卖声、汽笛声、嘈杂声,声声烦心。大小汽车,都陷入了人海,无奈地呻吟,在人缝中挪动。这里的人、车没有道路的概念,没有红绿灯的概念,没有礼让的概念,完全陷入了一个混沌的状态。

不知道哪里冒出那么多的人,也不知道哪来那么多的车。我始终无法理解的是那些无论在哪个商店、餐馆都可以销售的商品,为什么要挪到这些脑袋上销售？每一辆汽车的四周，都围满了脑袋顶着商品的小贩，就像出丧一样热闹。设想，车窗一旦开了一丝缝隙，说不定立马伸进几十双手。

在拉各斯市中心十几公里的路程，我们用了两小时四十分。

原来，拉各斯市区四百多万人口，有一百多万辆车。有的官员一人拥有三四辆车。这些车大都是从西方、日本等发达国家进口的二手车。尼日利亚政府规定：国外行驶八年以内的车辆可以进口，但国家没有车辆报废的规定。二手车一旦进口，永远在路上行驶。尤其可怕的是满眼的黄色公交车，他们一会儿以六七十迈的速度行使，瞬间一个急刹车。不为别的，只因为司机遇见自己的朋友，停下来说说话，任凭后面的车怎么鸣笛吼叫，任凭后面堵了多少车，司机照样把一些咸鱼淡菜的话说完再继续前行。

在逃离市中心的路上，破烂的水泥路面、路面横流的污水、断壁残垣的建筑、成堆的垃圾、忙乱的苍蝇、恣意飞起包装盒和塑料袋……整个拉各斯，就是一座无人管理的城市，看不见交警，看不见环卫工，看不见市政管理人员。她像一个垂暮孤独的老人，已经病入膏肓；她像一丛野草，在无人之境野蛮生长。她的未来是什么，谁也无法预料。拉各斯这幕街景，与一望无际、美得令人屏住呼吸的蔚蓝大海和笔直的海岸线形成强烈的反差。经济增长与人口膨胀，没有报废政策与二手车不受限地进口，汽车尾气、废气、污水排放，使这里的空气质量比世界上很多重工业城市空气质量都差。整个拉各斯，就是一座废旧车辆堆放场。原来美国、日本、欧洲的报废车都到这里来了。

在回驻地的路上，我们看见一片过火、坍塌了一半的建筑。同行告诉我，这是三年前经历过的一场大火留下的记忆。现场保留至今，不是为了纪念,而是无人问津。

拉各斯死了!尼日利亚政府卷铺盖走人了!迁都阿布贾了。无奈?无助还是无能?可是,如果现行的制度和政策不变,谁又能保证阿布贾不会成为拉各斯第二?尼政府还要不要搬家?

回到酒店看国内新闻,大吃一惊:"昨天上午,一批中国公民在尼日利亚遭到不明身份的武装人员绑架——"

四、好酋长——产自中国

来到拉各斯,从下飞机到行程整个过程,陪同、翻译都时不时说到一个人——胡介国。他就像一个景点,一本好书,一段传奇,撩起了每一个来拉各斯的中国人的兴趣。不仅是因为他成功,更是因为他一个中国人,竟然在拉各斯当上了酋长。我们在拉各斯遇见的每一个华人、黑人,他们都知道胡介国。说到胡介国,都拍手称道,说他是个好酋长。

对于我们而言,酋长是个陌生又神秘的角色。"前呼后拥,头戴鸟翎,手握权杖,一言九鼎"是我们概念中的酋长。后来才知道,那是上世纪的酋长。现在的酋长更多的是一种理念、一种礼仪、一种荣誉。当然,这种荣誉也只能授予国家做出杰出贡献的人。

胡介国上世纪50年代生于中国上海,是个"老三届",又是"文革"中的"工农兵"大学生。大学毕业后在上海南海中学教英语。因为父亲是尼日利亚的侨领,出于子承父业的原因,胡介国于1978年去了尼日利亚。然而,他并没有按父亲的设计开始自己的人生。而是另辟蹊径,涉足饭店行业,取得成功。现在,胡介国创办的金门集团是一家多元投资主体、旗下十多家控股企业的大型公司,拥有过亿美元资产、三万余名员工。他向银行融资两亿多人民币,在拉各斯贫民窟兴建了四所九年制的中小学,每所学校年招生三千多人。他像对待兄弟一样对待黑人朋友，为拉各斯人民做慈善、兴公益，赢得了大家的信任。2001年，大酋长埃米尔正式任命他为终身酋长，这在尼日利亚实属罕见。现在，胡介国不但是酋长，还是总统顾问、中小企业发展顾问。还有一支由政府供养、听命于自己指挥的武装警卫部队，享有随时可以晋见总统的权利。

华人华裔生活在世界的每一个角落，当市长当议员当部长的不少，但当酋长的是第一次听说。

看来，无论宅在家里还是奋斗在外，孝顺父母，关心他人，乐善好施，积德行善，终归能赢得社会尊重的！人同此心，心同此理，海内海外，莫不如此！

2016年于南昌

访日本看细节

关于日本，我们这代人有一种与生俱来的排斥心理。从小，父辈就给我们脑海里灌了不少日本人在家乡烧杀抢夺、奸淫掳掠的暴行。及至上学成人，看到"日本"二字，记忆中会很快蹦出"七七事变"、"八一三""九一八""南京大屠杀"等字眼。所以，一说到日本、日本人、日本事，常常很闹心、很影响情绪。

1978年之后，国门打开了，最早进来的外商好像也是日本人。那时在地方工作，为了招商引资，加快发展，不得不放下身段，想办法把日本人口袋里的钱掏出来。来了个日本商人，鬼知道他是阔佬还是乞丐，都要隆重接待，四套班子宴请，主要领导陪同。日本人大概也掌握了当时中国地方政府招商的套路，所以，以投资名义来中国的日本商人，如过江之鲫，一拨接着一拨。欢迎、宴请、送行。"热烈欢迎"一阵之后，我发现，同日商打交道，常常是喝了满肚子的酒，收了一把名片，最后只剩下"欢迎下次再来"。货真价实同日本人谈成一个项目、成交一宗买卖，实在比登天还难！我怀疑，这些所谓商人中，肯定有不少冒牌货，以投资考察的名义，来中国享受免费旅游。

同日本人谈项目还有一个共同特点，项目失败不在于思路与战略分歧，而常常是毁在细节上。日本商人留给我的印象：财大，器小，礼多，诚少。

90年代后期，我在庐山工作，恰逢庐山与日本宫城县松岛町结为友好城市。当年的松岛町议长高桥先生，每年都要带一批人来庐山访问，男男女女，老头老太为主。每次离开，高桥都要再三邀请我们去松岛做客。出于礼节，我答应在适当的时候访问松岛，并在第二年秋季踏上了访日行程。

花在行程上的心计

出访前，我交代管理局外事部门：要利用有限的时间，多看看日本的先进制造企业和旅游企业，争取学到一点东西，以不虚此行。双方函来函往，费了老大周折，始终未能就此达成一致。日方坚持安排我们参观的项目是松岛町的养老院、粪便处理中心，还有宫城一座电站的中央控制室。我很不满意，也不甚理解日方这样的安排。但既是回访，也就友好、友谊而已，没有执意坚持，看就看吧！

说心里话，无论是养老院还是粪便处理中心，对我们来说都是很开眼界。养老院建在一个环境优雅的绿树丛中，入住的老人平均年龄都在八十以上，大多生活不能自理。我们参观的时候是下午三点多，工作人员有的在给老人喂点心，有的在陪老人说话。中心负责人把我们引到一个类似洗涤车间的地方，四周靠墙有一溜货架，上面摞起一沓沓雪白、折叠整齐的毛巾，各种洗涤乳剂。屋中间有一座冒着热气的水池，足有三四平方米，水池边竖有一架起吊装置。我还没有弄明白这是个什么地方，门口两个穿白大褂、雨靴的工作人员推进一辆担架车，上面躺着一个老人，老人嘴里还叽里咕噜说着什么，工作人员没搭理他，而是例行公事地把他推到起吊装置下面。我似乎明白了什么。这时，起吊装置已经启动，把老人从担架车上吊起，转动九十度后，慢慢地放在水池中。紧接着是水池边上的十几个喷头,朝老人身体各个不同部位喷洒,冒着腾腾的热气。十几分钟后,喷头停水,吊车缓缓地把老人从水池中吊出,放回担架车上,几个工作人员拿着洁白的毛巾,围在老人边上,给他擦干身子,盖好被子,再把担架车推出门去。高桥陪着我,看完了全过程,没说什么,朝我笑笑。

接着参观松岛的粪便处理中心,这是一处孤零零驻在集镇郊外的设施。建筑和工艺都算不上复杂,不过通过管道,将镇上居民卫生间的排泄物收集到中心,然后存在一个窖池中氨化,经过几道工艺,分解氨化池中的有机物,再把沉渣捞出来,烘干、装袋,销售给农民,作为种庄稼的肥料。它展示的是个物质循环过程:粮食——粪便——分解——肥料——粮食。

晚上,我们住在高桥家,坐在榻榻米上,高桥想听听我的参观感受。因为语言的隔阂需要翻译,我不想废话,只把最想说的话告诉高桥:"今天看到的养老服务和环保技术是高水平的。"

"哦?"高桥的表情有几分得意,又有几分自信。

"我们也非常重视这两件事。不过我们现阶段还不可能把更多的资金投入到在这方面。"

"为什么?"高桥有些急,甚至表现了一种失败感。

"中国这些年发展比较快,资源消耗和环境保护是有些压力。可是毕竟是刚刚开始,而发达国家,包括你们日本,经过了几十年的高速发展,所消耗的资源和对环境造成的破坏也有几十年了。你们理应对人类环境和气候变化有更多的担当。"

高桥摇头:"这不公平!"

我说:"你们给大气层污染了几十年,而我们刚刚开始,你们不多担待那才叫不公平!"

高桥看着我，不语。

我继续说："环境于人类的危害对我们来说还是个理论问题，而对日本来说已经是迫在眉睫的现实了。"

"为什么？"

"我从大阪下飞机之前，从空中看大阪机场，那就是一块漂浮在海上的舢板。你想，环境污染，气候变暖，冰融雪化，海平面升高，谁先下水？大阪机场乃至整个岛国日本，海平面升高十厘米，日本会减少多少陆地面积？你算算？"

高桥脸上一丝不易察觉的红。我断言：他对我此行的安排，一定有一种破产的感觉。

他原本想对我教育一番、显摆一番。

一二三与松竹梅

友好访问要有友好表示，宴请远方来客自然是题中之意。我们抵达松岛町的第一个晚上，松岛町政府举行盛大宴会，宴请我和随行人员。

平心而论，这场晚宴日方是花了功夫的。一间容纳五六十人的宴会厅，灯火辉煌，挂了一些彩旗彩带，我们步入宴会厅时，欢快的音乐骤然响起，高桥议长和町长以及町有关部门的行政长官站立一排欢迎我们，同代表团成员一一握手。宴会厅弥漫着节日的气氛。出席宴会的男女，个个节日盛装。男人西装革履，皮鞋锃亮，头发油光。女人们，描红画眉，涂脂抹粉，木屐和服，花枝招展，笑容可掬。大家见面握手，弯腰鞠躬，一脸谦谦君子，一番点头哈腰："您好！""请多关照！"

客套之后，主人把我引到主桌席位。席位中间竖着一个写有"松"字的席位牌，引起了我的注意。牌子不大，一个不绣钢质的圆形基座，上插一根不过三十厘米长的支杆，支杆顶端镶着一个巴掌大的圆牌子，上面一个标准的宋体中文字"松"。我似乎明白了什么，扫了一眼左右邻桌，果然，分别竖有"竹""梅"字，还有"福""禄""寿"字样。

在汉语中，松竹梅属岁寒三友，象征友谊。把它们编成宴席席位，可谓是独具匠心。既表达了欢迎的意思，又回避了数字的忌讳。

关于数字的忌讳，东方人与西方人不同，国与国之间不同，中国人也因地域不同而存在差异。国内不少酒店，在楼层、房号规避了数字忌讳，灭了"14"层楼，缺号"4""14""24"房号，也有把电梯14层标注成"13A"之类。但在餐厅、宴席上，很少用中文字替代数字的。

用"松、竹、梅"替代"一、二、三"，不需要制造航天器的思维和技术，但足见一个民族对细节的关注。有人断言：细节决定成败，魔鬼都在细节中。所以，立志干大事的人，决心在世界崛起的民族，不能不把功夫下在细节上。

一缸洗澡水

高桥告诉我，日本人好客。凡是尊贵的朋友，一定要请到家里住，哪怕是住一晚。我不懂日本的风俗，也不知道他说的是日本的风俗还是宫城县的风俗，还仅仅是他们松岛町的风俗。客随主便，我们商量，就按高桥的安排，在他家里住一晚，第二天再入住酒店。

说实在的，随着生活水平的提高，居住条件改善，在国内出差也很少住进朋友家里。睡别人的床，用别人的盥洗间、淋浴盆，多少有些不自在。但高桥把在主人家住的问题上升到友谊、习俗的高度，也就容不得我们习不习惯了。

高桥要我准备好洗漱用具，然后拉上翻译，陪我走进他家的浴室。

浴室算不上豪华，不过一些居家洗浴物品，诸如沐浴露、发乳、衣架、浴巾之类。靠墙有一只不锈钢浴盆，满满的一盆水，清澈见底。浴盆的顶端一角，有一个茶杯大小的装置，上面亮着红绿指示灯，标识一些日文。我环顾四壁，希望出现一个淋雨喷头，没有！心里有些失望。高桥好像看出了我的心思，笑笑告诉翻译："今天家里来了贵客，刚刚换了一盆水，放心用好了！"

然后又指着浴盆上的那个装置："那是个净化装置，你洗完后，水不要放掉，只要按一下这个开关，净化器就开始工作，五分钟后，浴盆里的水就和现在一样干净。"

我的好奇，激发了高桥的谈兴。他接着介绍："我们家五口，天天洗澡，三天换一盆水。"

与其说是洗澡，不如说是体验一个新产品。我躺在浴盆，打量一下浴室。除了这个净化器，没有特别奇特的发现，但浴室这些用具，从水龙头到下水道的漏斗，地脚线上的门吸，墙壁上的扶手，摆放浴巾的不锈钢架，每一件都有独到的精致，像一件件工艺品。下水道漏斗，是铜制的，光滑如镜。水龙头开关，手感圆润、细腻，感觉不出是冷冰冰的金属制品。澡洗完了，我按照高桥说的，迅速启动了净化装置的按钮，水面上的洗涤泡沫、毛发很快朝净化器边上集聚，化为乌有。浴盆里的水奇迹般地清澈起来，几分钟后，浴盆之水，清澈如初。

这个澡洗得痛快，放松身心，消除疲劳，也给我很多联想。我脑海里冒出一堆数字：一家人，一盆水，洗三天。而在国内，几亿城市人口，无论淋浴还是盆浴，一人一盆，一次一盆。这之间的差距就是一个小小的净化器。这个装置绝不会有航天飞行、蛟龙探海的技术难度，但它却没能出现在我们的生活中，也因此我们付出了难以估量的水资源损失。

东京的地铁口

我从三十几层高楼向下看，东京就像一块插满电子元器件的互通板，高高低低，大大小小的建筑，见缝插针，密密麻麻，野蛮生长，拥挤得再也插不进一个手指。

东京是名副其实的国际大都会，与纽约、伦敦、巴黎并称世界四大城市，是全球最大的经济中心之一。东京拥有世界最复杂、最密集且运输流量最高的铁道运输系统和通勤车站群。东京两千一百多平方公里，一千三百多万人口，2005年，东京人口密度达五千九百八十六人，人口总数占全国人口的十分之一还多，如果计算大东京都市圈，则占全国人口的四分之一。经济总量占全国的百分之二十八。据说，资本五十亿日元以上的公司百分之九十集中在东京。

正是这样一个人流、物流、财富流高频涌动的地方，我们却感觉交通秩序运转自如，很少碰见北京式的堵车。而2000年，北京的人口密度才八百八十九人。

第二次去日本，我们从上海浦东机场飞东京，在成田机场降落。拿行李出机场，进地铁站，约一小时到达东京市中心，再转乘火车到新宿——箱根汤本。除了箱根车站到汤本景区的一段上山的路需要出租车外，从东京到箱根，不过就是地铁站、火车站进进出出，换车转乘而已。既省时，又省事。后来，我们回到东京，拜访客户，洽谈合作，穿梭于日立、住友等公司办公楼，同样只需要乘地铁往来。走出地铁门，不必走上地面，直接进入公司写字楼电梯，十分方便。朋友介绍，东京几乎所有一定规模的写字楼，人流密度大的公共场所，都与地铁站相通，省去了很多进站、出站、改车、换乘之苦。我就纳闷：东京是先有了地铁还是先建了高楼？还是高楼与地铁同时规划? 这种建设理念, 无疑大大节省了社会交通成本、时间成本, 缓解了堵车压力, 最大限度发挥了公共交通的运力。这让我们想起了在国内的出行, 常常是"海陆空"的体验, 飞机、汽车、火车一样也不能少, 下了飞机要打的, 出了地铁要公交, 下了公交要步行。鞍马劳顿, 筋疲力尽还不说, 堵车、闹心, 不胜其苦, 交通成本、时间成本又很高。

这是细节, 也是大节。我们什么时候也能在这些细节上有所创新, 一定会是社会、经济发展的大进步。

2016年于南昌

在亚的斯亚贝巴品尝樱吉拉

我先后两次去过埃塞俄比亚首都亚的斯亚贝巴，因为不同的接待单位，竟然巧合到同一家中餐馆吃饭，在同一家餐馆品尝樱吉拉。

亚的斯亚贝巴坐落在埃塞俄比亚的中部高原的山谷中，海拔两千四百多米，两百多万人口，是非洲海拔最高的城市。不仅是埃塞俄比亚的政治、文化中心，也是非盟总部所在地。下飞机的第一感觉是如同从酷暑中来到了庐山牯岭，清风拂面，凉爽宜人，似乎从混沌中挣脱出来，一下就清醒了许多。朋友告诉我，到埃塞俄比亚一定要尝尝樱吉拉。

正规宴请之后的第二顿，我们就奔樱吉拉了。在一个小巷深处，找到了亚的斯亚贝巴最棒的私藏餐馆，品尝全素樱吉拉。这家餐馆从外表看，类似国内农村的瓜棚，土坯墙，草棚顶，脚下是坑坑洼洼的泥地。从一个洞门进入，没有窗户，里面灯光幽暗，借着从门口射进了的光亮，看见有一排柜台，上面是一排排盛食品的器皿，冒着热气，最熟悉、最强烈的气味莫过于咖喱。走近一看，器皿里烹煮着各种叫不出名字的菜肴，但有一点相同：黑乎乎的颜色。百余平方米的屋内，靠墙一个土台子。上面有几种乐器：吉他、手鼓、箫、琴之类。土台子下，是一些木质的凳子，一圈一圈围着一个类似茶几的餐桌。陪同告诉我，这是亚的斯亚贝巴最正宗的樱吉拉餐馆，大凡有些身份的国外来宾到埃塞我比亚，都会到这家餐馆，这里几乎成了各国使节定点的特色餐饮店。

我们围着餐桌而坐，主人送来了饮料。土台上几位乐手也相继到位，操起自己的乐器，吹的吹，打的打，开场了。在乐器声中演员登场了，音乐简单，舞蹈动作简单，不过五六个男女，围在一起，不停地扭屁股、晃脑袋，伸手伸腿，放开嗓门，与音乐一起号叫。

歌声、乐器击打声、嘈杂声中，我们的樱吉拉端上来了。原来，樱吉拉是埃塞俄比亚人的基本食品，是一种由苔麸做成的大饼。制作并不复杂，先把苔麸磨成粉末，掺入少许木薯、地瓜、土豆、青瓜、洋葱等食物，加水调浆，放在容器中，搁置两三天，任其发酵，其味变酸。再将糊状苔麸摊在平底锅里烙烫，不必翻动，底面受热，上面则因发酵泛出气泡，极像泡制洗净的牛百叶。煎烙熟透后，搁一些香菜、小葱、黑胡椒等调味品，或手撕一片，或卷成一筒，即可食用。食用时，统统免去餐刀筷子之类，一律"亲自动手"。但手不得碰嘴唇，因为是大家共同食用一份樱吉拉，否则有不卫生之嫌。

品味樱吉拉，酸酸的，稠软，不香不臭。按中餐色、香、味、形的标准，实在不敢恭维。但吃得非常踏实、坦然。不担心是否有使用过化肥，不担心是否农药残留超标。等我去了几个其他非洲国家之后，更加证明了我的担心大可不必，因为整个埃塞俄比亚乃至整个非洲，都是地球最后一块没有被现代文明污染的净土。

从人均国民生产总值看，埃塞俄比亚是世界最贫困的国家之一，以农牧业为支柱产业，2014年人均GDP五百六十八美元。首都亚的斯亚比巴的街道，不少都是坑坑洼洼的泥土，沥青和水泥路面的街道很少。让我吃惊的是，尘土飞扬的街道上，再现了三十多年前的中国县城的景象：在街道两旁，一簇簇大板车支起的服装摊点，用细长木竹条晾挂着花花绿绿的纤维布料的服装。摊点前一拨接一拨棕色皮肤的男女驻足围观，放射着羡慕的目光。老板几乎清一色的中国人。他们用并不太流利的当地语言与客户介绍自己商品的特性，当他们听到熟悉的中国话之后，亲切地和我们打招呼。原来他们大多来自中国大陆，用货柜把百货仓库中那些"陈谷子烂芝麻"翻出来，变成了非洲人民爱不释手的时装。

我暗暗敬佩中国民营企业家对市场嗅觉的灵敏。

我品尝着樱吉拉，味淡而悠长，青涩而纯真，对比我在非洲其他国家的经历，脑海中竟然闪过一些惊人的奇想：

非洲五十多个国家，除了埃塞俄比亚、利比亚外，大多经历过殖民主义统治。而一些殖民统治过的国家，反而发展得比较快一些，如南非、突尼斯、肯尼亚、博茨瓦纳等。假设埃塞俄比亚被殖民过会怎么样？我不是殖民主义卫道士，但开放、包容，借鉴人类共同的生产技术、管理经验、文明成果，对一个国家发展、兴衰的作用是显而易见的。用殖民换得发展无疑是饮鸩止渴，但闭关锁国绝对是死路一条。

世界经济进入到21世纪，就像一个百病缠身的老人，不是头痛，就是脚痛，不是血压高就是血糖高。希望在哪里？大家都彷徨。看了非洲，增强了信心。三千多万平方公里，五十多个国家，七亿多人口，且资源丰富。但到2011年止，非洲大陆的经济总量只有一万六千亿美元，总消费支出仅八千六百亿美元。那是一个多大的市场，多大的发展空间。

我狂言：非洲的发展繁荣，是世界经济的一抹晨霞，或许能给世界经济这个老人注入一丝青春活力。

2016年于南昌

哈佛大学印象之一

——美国人的较劲、认真

作者按：中国国家行政学院同美国哈佛大学达成一项合作协议，由香港友人资助，美国哈佛大学肯尼迪政府学院为中国培养高中级公务员，从1998年起，五年时间内，每年派三十名左右司局级公务员往哈佛做短期培训。我有机会作为国家行政学院派往哈佛的第一期学员，感到非常高兴。在哈佛的学习、生活，颇感新鲜，点滴感想，随时记下。

来哈佛之前，国家行政学院的同志向我们介绍情况，提出要求，林林总总，叮嘱再三。要言之，我们这个培训班，既有中美两国教育文化交流性质，又有政府代表团的特点。因参加对象都是中央部委和各省市厅局级领导干部，从学习生活到言谈举止，自然要体现中国公务员的精神风貌。院领导尤其强调：这是第一批，要为今后的境外培训摸索出经验，而且这期的学习任务很重，安排很满。在美停留十五天，安排了十三天的课程，每天上下午都有讲课，吃饭时还有午餐讲话或早餐演说。

安排表发给大家，令人咋舌。代表团成员大都年逾四十，在国内也都上过各种党校、干校，经历过名目繁多的培训，还真少见过这种"强化"训练，大有用十五天时间把我们"克隆"成一个新人之势。同学中，有少数是初次到美国，提出是否除哈佛所在的剑桥、波士顿外，再安排两个城市看看，以此增加对美国的整体认识。但组织者告诉我们，现在这个安排，已经是经过几次谈判的，原本安排得更紧，而且连路过的城市也不作短暂停留。我方多次表示是否可压缩部分课程，增加一些考察参观的安排，哈佛表示理解，但无法满足。说你们是来学习的，如果是来游览观光你们不必找哈佛，找旅行社就行。

十月二十四日到达纽约，二十五日赶到波士顿，急如星火，时差还未倒过来，二十六日早上开课，连轴转，筋疲力尽，头晕目眩。再看看哈佛的学生、教授，一个个都像脚下装着弹簧，上足了发条，匆匆赶路，匆匆吃饭。中午下课，人们到餐厅啃块面包，喝杯咖啡，完了接着讲课、听课、演讲！哈佛教学楼的走廊有黑板、过道有折叠课桌，随时随地见到的都是看书的、解题的、摆弄电脑的。

难怪，这就是哈佛，这就是美国。美国的效率，美国人的较劲、认真。对的，旅游就是旅游，读书就是读书，我理解了哈佛对我们行程的安排。

美国独立战争胜利到现在，仅用了二百二十多年的时间，从一个英国殖民地到当今世界首屈一指的经济大国，两亿多人口，创造了占世界四分之一的国民生产总值（GDP）。较劲、认真，不能不说是一个重要原因，"干就得干得死去活来，玩就玩得心惊肉跳"，有人这样评价美国人。中国传统文化中，有个"中庸之道"，"中庸之为德也"，不幸的是在干与玩上也"中庸"起来，干似玩，玩似干，干中玩，玩中干。一栋栋硕大高耸的办公大楼里，站着的、躺着的、斜靠在沙发里的、眼睛睁开的、微微眯着的、泡在会中的、天南海北调侃的……干吗？在工作！工作？美国是一个竞争极为激烈的社会，企业、行业、人与人、地区与地区竞争的背后，有着许多血淋淋、惊心动魄的故事。但美国人以一种健康、平静的心态对待竞争。企业之间，你今天超过了我，我破产了、倒闭了，再爬起来，研究你的成功之道，找出自己的不足之处，引进人才引进技术，降低成本，开拓市场，明天再超过你。中国人也竞争，竞争也激烈，但手法和心态则全然不同。你的啤酒卖得好，抢了我的市场份额，不着急，走着瞧！不久之后，市场就发现你卖出的啤酒中，躺着一位死老鼠的尸体，然后是你砸了牌子，关了厂子，我取而代之。于是市场的劣质啤酒大行其道。恰如夏天的夜晚，百鸟归林了，自然只有蝙蝠飞得最高了。

中国人也竞争，你成功了，他并不研究你成功的主观因素，个人努力或优点。而是拿起笔来，狠狠地磨墨，把嫉妒化作檄文。你成功是著作，他编造说你的作品是剽窃；你成功是收获，他杜撰你拍马屁送礼的轶事。装上两毛钱，让有关方面查你一年半载，等到水落石出，机遇难再，你也心力交瘁，这才相安无事，心理平衡了。

一个没有竞争的民族是个没有生机与希望的民族；而一个病态竞争的社会，也是一个抹杀生机和希望的社会。

毛泽东说，世界上怕就怕"认真"二字，共产党员最讲认真。

全球经济一体化，世界都在认真，我们该是认真的时候了。

1999年

哈佛大学印象之二

——学校的品牌效应

　　凡莘莘学子,无不梦牵魂绕着哈佛。的确,它历史悠久,名声远播,然而它门槛也很高,能圆哈佛梦的实在是凤毛麟角。

　　还在17世纪初,首批英国移民来到北美南岸,规划创建一个全新的没有本土各种弊端的"新英格兰"。移民中有一百多名清教徒,曾在英国牛津和剑桥大学受过古典式高等教育。他们于1630年在马萨诸塞州的查尔斯河畔创建美国历史上第一所学府。创始人系英国剑桥大学文学硕士约翰·哈佛,他在建校的第二年就被肺病夺去了生命,临终前留下遗嘱,把他的七百八十英镑和三百二十卷图书捐给学校。1639年人们为了纪念他,马萨诸塞州通过决议,将学院命名为"哈佛学院"。1780年,美利坚合众国建立后的第四年,已有一百四十年历史的哈佛学院改名为"哈佛大学"。

　　哈佛大学在历史的长河中已经走过三个多世纪,支撑它内在的力量是什么?是知识和发明对社会进步的促进作用,是教育质量和社会责任感。1986年在纪念哈佛三百五十周年校庆时,校长德里克·博克说:"如果说三百五十年来哈佛有个贯彻始终的特点的话,那就是我们总是在心神不定地担忧。即使是从外界形势看来没有任何理由这样做时也是如此。"永不懈怠、居安思危、永无止境的求知、无止境的创新，把办学质量放在第一位，无疑是哈佛享誉全球的真谛。哈佛的校徽上写着"VERITAS"，拉丁文意为"真理"。哈佛的校训翻译为："以柏拉图为友，以亚里士多德为友，更要以真理为友"。校训和校徽都昭示着哈佛学院的宗旨——求是崇真。曾任哈佛大学校长二十年的美国著名教育家科南特总结哈佛成功的经验时说："大学的荣誉，不在它的校舍和人数，而在于它一代一代的质量。"

正是在择师和育人上坚持高标准、高质量，哈佛才对各国求知者具有强烈的吸引力，它激励着一代又一代知识青年为寻求真理而来，为报效社会而去。至今让哈佛人引以为荣的是从这里走出过多位美国总统，一大批世界著名的数学家、化学家、物理学家和诺贝尔奖获得者。

哈佛现共设十二个学院，其中本科生院两个，研究生院十个。还设有几十个专门研究中心，集聚着世界很多著名学者。许多研究项目走在世界科研前列，学校编辑出版四十三种学术刊物，拥有世界先进的研究设备和实验基地。

肯尼迪政府学院向我们介绍学校注重教育质量时，讲了这样一个故事：前美国国务卿基辛格博士走出白宫前，曾向校长表达过来哈佛当教授的想法。校长考虑，基辛格作为美国历史上的一位风云人物，又是哈佛毕业的博士生，其学识渊博，经验丰富，受聘资格绰绰有余。但正因为其在世界知名度高，难免"店大欺客"。下聘于哈佛教授，必然大中见小，未必当一回事。于是，婉拒其好意，请他另谋高就。也许这就是哈佛校徽的一个注解。

正是如此，哈佛才永远立于不败之地。它是一所民办大学，学校的教育科研活动，全赖于民间捐赠和各种基金。据介绍，学校每年可获得的资金是一百多亿美元，这对我们来说是个天文数字。而哈佛，似乎不曾有过经费不足的苦恼。据说在哈佛读书的本科生每年的学费、书本费、生活费加起来在三万美元以上，而这里的学生在美国社会十分抢手，有的公司提前到哈佛来"预定"学生，年薪八万美元以上。

这就是品牌。

市场经济条件下，品牌的价值难以估量，学校同样要创品牌。

哈佛大学印象之三

——没有围墙的大学和没有班级的学生

哈佛大学主校区位于坎布里奇，原为马萨诸塞移民区首府。1638年，马萨诸塞的立法院迁往查尔斯河对岸的波士顿，这里后改名为坎布里奇。坎布里奇是与哈佛一同成长的城市，领土约6.25平方公里，居住着9.5万人口。现为马萨诸塞州的第五大城市，是美国学术界的重要基地，也是先进技术工业的诞生地。哈佛大学和相邻的麻省理工学院，吸引着众多的各国学者、学生和大批参观者，也为马萨诸塞州的经济、社会发展和知名度做出了重要贡献。

我们来到哈佛肯尼迪政府学院的学生公寓楼，收拾好行李后，学院组织我们参观哈佛校园。

这是一个秋高气爽的下午。天空湛蓝，万里无云，满地碧绿，草坪如茵，一栋栋欧式红墙建筑静静地伫立于碧绿之间。我们从学生公寓漫步，路过哈佛商学院，映入眼帘的是一条静静流淌的河流。远处看，每隔几百米都有通往对岸的卷桥，陪同告诉我，这是查尔斯河，它流经哈佛，使学校一河两岸，为方便学校各院之间流动，查尔斯河上架了许多桥。我们放眼远望，阳光和煦，校园各种树枝红颜尽染，查尔斯河中倒映着幢幢高楼，使人置身画中，心旷神怡。

大学，尤其是名牌大学，给陌生人的印象是高楼深院，高不可攀。陪同的台湾小姐，领着我们参观哈佛学图书馆、马萨诸塞大厅、哈佛大学大厅、哈克尼斯公寓、哈佛广场等著名建筑，还有江泽民同志在哈佛演讲过的地方等。两个小时过去了，我们心里一直萦绕着一个疑问：哈佛大学校门在哪里？同坎布里奇城市相隔的围墙在哪里？一问才知道，哈佛是一所没有围墙和校门的大学。

看不见有形的门，越不过无形的门。这就是哈佛。美国的大学教育普及率达50%左右，而能进哈佛的学生，也只是凤毛麟角。哈佛的入学考试极其严格，而一旦进入这个学校，学校的教学管理都有相当的开放性，学校与城市融为一体。有着宽阔人行道的哈佛广场是繁华的商业区，各种商店鳞次栉比，商品琳琅满目。银行、市政、教堂、幼儿园、宾馆一应俱全。学校与社会融为一体，读书声与商品经济特有的嘈杂声混响，使学生脉搏与社会的发展进程同鸣共振。而不至于使学生躲进象牙之塔，远离社会。不用围墙，自然找不到校门，高明之处在于：来者没有高楼深院之感，去者也没有炫目之忧。

哈佛的学生，学得自由开放。本科生以文学学士为例，集中课程为10%，分布课程25%，选修课程达35%。实行学分制，在规定的三年内取得相应学分，即可毕业。每周的课程，由自己安排相应的时间学完，倘上午或下午打工，则可晚上学；下午有事，可上午学。教师准时赶到规定的地方讲课，学生可以是三十人、五十人，也可能是三人、五人，同修一专业，但并不同一时间上课。学生的课程安排有自己充分的自由度，而且所学专业要求涉及的知识面很宽。哈佛医学院的学生，不但学习医学理论、临床实践，还得了解人类生存环境、气候变化给人带来的影响。学习行政管理，不仅有基础理论，还得分析、讨论大量的行政案例。哈佛商学院的学生，必须学习讨论二百多个经商、决策案例，使书本学习充分和社会实践相结合。也正是因为这样，哈佛的学生在美国就业市场十分走俏，备受企业和社会欢迎。

哈佛大学印象之四

—— 从学者到官员，再到学者的肯尼迪政府学院教授

在我国现有的公务员队伍中，四十岁上下的司局级干部，大都有过两三次甚至更多的上党校、进干校培训的经历。进进出出，一个强烈的感受就是教与学之间的距离感。产生这种距离感的原因很复杂，但有一个原因是客观存在的：无论党校、行政学院还是其他干部培训，讲台上站的都是纯理论工作者。他们也不同程度地接触实际，但那是调查来的、访问来的，或者是，经过加工和几次转手获得的信息，大多缺少长期行政管理工作的实践，纯学术气息相当浓。而坐在课堂听讲的，都是有一定阅历或者长期从事领导工作的实际工作者，自然难找台上台下的结合点，难有共同语言。双方都感到苦恼，都不解渴。

肯尼迪政府学院为我们安排的课程很多，包括行政管理、决策科学、领导方法的课程。尽管里面存在着意识形态和中西方价值观念的差异，但大多数教授的讲演都使人有一种身临其境、生动真实的感受。像是与同行谈体会、谈经历一样。看过学校发给我们的任课教授简介，才恍然大悟，这些教授大都有相同的经历。从教授学者到政府官员，再由政府官员到教授学者。他们不但学历高，还有收获颇丰的研究成果和著述。大多在联邦、州、地方政府任过职，有的还担任过相当重要的职务。讲政策的

曾参与联邦政府的一些内政、外交、经济、社会发展政策的制定，讲经济管理的曾在亚洲、非洲或者苏联任过总统、总理的经济顾问。让决策者讲政策，让管理者讲管理，让思想家讲理论，是哈佛教学的一个重要特点。给我们讲授政府与经济的教授杰佛里·萨克斯，除任职哈佛外，还兼任世界社会经济学会、美国布鲁金斯经济学委员会主席和国家预算办公室顾问等工作。1986—1990年任玻利维亚总统顾问，是俄罗斯经济"休克疗法"创始人之一。他在分析中国、俄罗斯、波兰经济改革和发展不同点时，鞭辟入里，有根有据，事实充分，见解深邃，确实不同凡响。他认为，中国改革同俄罗斯有很大不同，因而采取不同方式是十分正确的。俄罗斯80%人口分布在城市，而中国80%人口在农村。俄罗斯80%以上的经济是国企，90%的人在国企工作，整个社会是铁饭碗。改革一开始就涉及国企这样一个棘手问题。他们尝试了几种办法推动国企改革，但都失败了。他认为俄罗斯的国企私有化是中国改革的教训。私有化要求法制化，没有健全的法制，私有化必败无疑。他把中国的改革同俄罗斯、波兰的改革做了全面比较，分析不同的国情和国企改革措施的利弊得失。他站在旁观者的角度来评价三个国家改革给我们以很多有益的启示。

给我们讲授公共政策的教授罗伯特·比莱尔先生，现任哈佛肯尼迪政府学院教授，讲授对外和防务政策，曾任联邦国家安全委员会西欧事务委员会主任、欧洲事务国务卿、美驻苏大使、布什政府欧洲和苏联事务特别助理。尼克松访问中国之前，他作为基辛格的助手多次来中国，见过毛泽东、周恩来等老一辈中共领导人。他目前仍从事与中美关系有关的研究工作，并担任一定职务。他讲授中美关系问题和美国对华关系的制定及执行，有理论根据，有政策调整的起因结果等等，具体、生动、真实，使人感觉有挥之不去的魅力和感染力。

肯尼迪政府学院的这些教授，专业功底扎实，经历丰富，活动范围大，知识面宽。他们不但讲学、出书，还参与美国甚至世界事务，目光远大。给我们讲课，有一种站在地球之巅、洞察世界的气势，对各国的经济、政治、社会发展进程，成败和问题，了如指掌，脱口而出，很少看讲稿。听他们讲话，使我有一种从平地走向山巅，从飞机上俯瞰平地之感，更多地知道世界如何，我们的位置在哪、差距多大、问题在哪等。

我想，我们的干部教育中，如何提高师资队伍素质，如何缩短教与学之间的差距，增加共同语言，很值得研究，否则干部教育质量是难以保证的。借鉴哈佛的做法，我认为：

第一，要千方百计为党、干校的教师接触了解实际提供舞台，坚持并拓宽教师在基层、机关领导岗位挂职的路子，使他们以厚实的工作经验，为站好讲台打基础。

第二，各级党政机关、地方党委政府的领导，要坚持到党、干校讲课。党、干校要有目的地聘请一些有理论素养，又有实践工作经验的干部到学校讲课。这要成为一项制度。这对提高干部的理论水平，使之从感性认识上升到理性的高度具有重要意义，也是迫使干部进行理论思维、提高理论水平的途径之一。

第三，选择党政机关和从领导岗位上退下来的干部到党、干校任教，使他们长期积累的实践经验变为财富。把他们长年工作的成败得失作为经验，提供给后来者借鉴，以减少他们工作中的失误。

哈佛大学印象之五

——让你全神贯注而不敢有丝毫懈怠

跨进哈佛的校门，校方发给我们一纸教学安排。看着密密麻麻排得满满的课程表，我们头皮发麻。两个星期的课程，一天七个课时，扎扎实实七十多个课时。还有每天的午餐讲座及晚餐讲座。课程所涉及的内容包括政府与经济、国际贸易、现代信息技术、公共政策、政府管理、国际投资、人力资源等七个专题。

课程是中美双方经过谈判达成的协议，木已成舟，无法改变。心想，由它去吧，姑且煞有介事带着耳朵听去，听进去多少是多少。

可是，我们想错了。美国人的教法，同我们的经验大相径庭。你走进了那个教室，就使你无法有半点偷懒，逼得你必须全神贯注而不敢有丝毫懈怠。你必须激活所有脑细胞，左脑加右脑全方位思维来对付教师提出的各种意想不到的问题。

第一天的课由哈佛国际经济教授理查德·库伯讲授，他曾任国家情报委员会主席、国务院次国务卿、国际货币事务助理国务卿、国家安全委经济顾问、美财政部和世行顾问。库伯给我们讲"政府和经济"，他讲了世界不同国家、地区政府在经济发展中的作用，强调政府作为"守夜人"角色，在发挥社会保障的职能，参与社会生产、供给及法律保证，规范个人行为等方面的作用。又重点介绍了美国政府影响经济的"经验"，包括美国对金融的监管，外资的发展和信息技术的作用带来的经济成功等。库伯花了约一个小时讲演，然后戛然而止，转入课堂讨论，让诸位讨论如何把握政府与经济的关系，才能有利于经济发展。

于是我们迅速转动思维，过滤库伯一个小时的讲演，特别是讲演中前后逻辑上、理论上的空隙，力求提出一些深刻、尖锐的问题，给库伯一个"烫手山芋"。

一分钟后，同学们陆续举起手来，要求发言提问。我凭直觉感到，这比在国内学习时，发言提问的积极性高出几倍。课后同大家一起座谈"积极提问"的课堂现象时，一致感到：一为救场，防止课堂的沉闷造成难堪；二为争光，坐在美国大学的课堂有一种代表中国的责任感，让美国人看看走向21世纪的中国官员的精神风貌和品位；三是回敬西方人津津乐道的价值优越感。

不知怎的，踏出国门，尤其是听见美国人喋喋不休、不失时机地向我们炫耀他们的自豪时，那种作为一个中国人的责任感，为中国争光的自觉性特别强烈。所以，我经过一番思考，抓住库伯讲话的漏洞，不客气地发问。我说，我有两个问题请教库伯先生：第一，美国的政治家、经济学家在许多场合和言论中，都以美国是自由的市场经济而自豪，个人和企业自由发展，自由竞争，甚至垄断，当然也包括自由地破产。但您的介绍中，美国政府对市场的干预是极有力度的，包括财政税收、货币金融、法律法规等手段。实践证明，政府干预太多、太死，都会影响市场活力。干预太少、太粗，又因市场的失灵而造成损失。这就使我产生一个问题：政府调控市场的力度如何把握？根据经济不同时期、不同发展水平，如何干预，干预多少？怎样介入和干预？第二，先生说美国主张实行自由的世界贸易，但据我所知，美国的这一主张是有部分附加条件的。美国在经济实力、产品竞争力还未超越英国时，曾采取过很多保护国内工业的贸易措施，增加非关税壁垒。当然，在美国经济实力超过英国之后，是大力向世界推销自由贸易，要求降低关税水平主张的。请问，这种前后矛盾的世界贸易主张，是出于意识形态考虑还是基于自身直接利益的考虑？

库伯考虑了一下，然后回答我的问题。其中也不乏外交辞令，而不正面回答问题。

他认为美国对经济的干预，不在生产结构上，而在税收和金融监管上。他说，美国政府财政收入占国民收入的32%，有足够的调控市场的实力。而中国财政收入只占12%。美国在银行监管方面极严，外汇管理要求每天平衡，银行要求足够的资金缓冲危机，银行对股市借支严格限制，上市公司的信息披露必须真实准确。否则，当事人可能被投入监狱。

这第一堂课下来，我们大体了解了美国人讲课的习惯，用三分之一的时间讲，用三分之二的时间大家讨论。为了不至于被教授点名发言，必须在他讲课时全神贯注地听，并从中分析总结出你要提出的问题，否则你将十分尴尬和被动。

哈佛的教学，十分注重学生处理解决问题的能力。根据专业特点，把很多社会经济生活事例编写成案例，让学生模拟决策。据说哈佛肯尼迪政府学院学习公共政策管理的学生至少要接触讨论二百多个案例。这些案例，长则十余万言，短则几千字。有的教授只把案例现发给大家，进教室后，教授成了课堂讨论召集人，完全由学生根据各自的看法讨论，不时加以引导。给我们讲"公共部门的战略管理及领导"的教授马丁·林斯基进教室后，给大家问个好，然后就讨论开始。他发给我们的是一个波士顿广场改造计划的案例。这个广场改造计划几经论证、规划，经过很多部门甚至州议会的审查，临到实施时，突然变卦。这引发了我们三个小时的争论，见仁见智、各不相让，有的更是针锋相对，而林斯基始终没有表达什么意见。

下课后，有的同志说，看来美国的教授学者并不高明，只不过相当国内开个小型座谈会的主持人。但仔细一想，这堂课虽然没有老师的长篇演讲，同学之间各种思路和意见，都通过争论受到启发，有些意见颇有独到之处。

其实，这不就是教学要达到的目的么？

1998年于美国波士顿

西欧纪行之一

——晒晒太阳又何妨

　　飞机降落在戴高乐机场，已是巴黎的清晨，淡淡的雾霭，清脆的鸟鸣，但巴黎人似乎还在梦中。

　　迎接我们的是法籍华人戴小姐和德国司机C先生。戴小姐或许根植于祖国泥土，有着毫无特色的身材与脸谱，而司机则是一个腰圆膀粗的小伙子，足有一米八以上的块头。头梳得油光水滑，两撇胡子向嘴角两边上卷，像两支小牛角。或许为了突出两支卷角，其他与之无关的胡子刮得精光。戴小姐介绍：为了欢迎各位贵宾，司机昨天晚上从德国赶了五百公里的路程，实在辛苦，我们以掌声表示谢意。大家稀里哗啦鼓起掌来。C先生似乎不以为然，两撇嘴角稍稍往上拉了一下，一副日耳曼民族的傲气跃然脸上。

　　按行程安排，我们匆匆看了一下巴黎，当日便赶往地中海边的尼斯——法国南部的海边城市。六月的欧洲，阳光明媚中有些刺眼，气温在30℃上下。我们乘坐的是一辆德国产奔驰商务车，车顶有玻璃窗，阳光把两排座椅照得滚烫。长途跋涉，司机并不开冷气。同行大多时不时把目光盯着天窗，或渴望地注视司机，或解扣脱去外套。看得出，大家都心里憋着话，寻思着如何挡住从天窗泻进的阳光，或请求司机打开空调，以下降车内的温度。C先生似乎无动于衷，偶尔目光相遇时，亦不甚了然。

"戴小姐，这太阳太厉害，能否找个窗帘。"坐在阳光直射下的两位终于按捺不住。

戴小姐如实传话，向司机发问。

C先生一脸茫然，耸耸两肩，对提出的问题大惑不解。

"那就请司机开些冷气吧，车里温度太高。"

"对，对，对！"车里一片赞成。

司机同戴小姐叽里呱啦了半天，终于扭动了空调旋钮。车风驰电掣般跑了一段，车里温度似乎并没有大的改善。车里又骚动起来，有人出主意把窗户打开引进凉风；有人主张太阳下的人换座，惹不起则躲；有人主张停车买块布遮上，可高速路停车不便。

"来，我这有报纸胶带，把它糊上。"

好主意！于是七嘴八舌，三下五除二，愣是把个明亮亮的窗户堵得严严实实。C先生从后视镜中窥视着车里的骚动，似乎极难理解，又很无奈。

车内总算"安定团结"了，闭目养神的，欣赏车外风景的，相互说笑的。

长途跋涉，终于到了尼斯。这是地中海边的一座城市，有着很长的海岸线，洁白的沙滩上，横七竖八躺着密密麻麻的男女。除肚脐下三寸的地方用一小块布外，其他全部开放。只有我们长衣长裤裹得严严实实，提着小包，挎着相机，瞪大了眼睛，充满惊奇地游荡在沙滩上，同这场景似乎格格不入。

六月的天空，万里无云，太阳照在洁白细软的沙滩上，越发显示威力。露在外面的皮肤有强烈的烧灼感，看着悠然自得躺在地上的男女，或闭目养神，或窃窃私语，太阳的暴晒，对他们而言倒像在品味一杯醇香的美酒。我们同行大都不以为然。

戴小姐看出了我们的不解，介绍说，到海滨太阳浴，是法国乃至欧洲人生活的一大嗜好。每当星期天，全国各地的人，开着车奔向海滨，一晒就是一天。这是锻炼身体，接触自然的重要形式。

在以后的行程中，我们慢慢理解了她的解释。就是我们开车的C先生，一旦我们在某个景点待一个小时以上，他就不失时机地脱下长衣长裤，让毛茸茸的身子在太阳下惬意地晒上一回。每当星期天，高速公路上，小车如过江之鲫，风驰电掣，奔向海滨，奔向沙滩。有的车顶上带着舢板，有的干脆拖着房车，一家人走到哪里，晒到哪里，睡到哪里。太阳下、森林中，晒个够，玩个够，甚至以皮肤晒得黑为美的标准。

难怪我们的同胞们千方百计、七手八脚地堵住从天窗透过的阳光时，日耳曼先生眼角泛着一丝鄙夷的目光。

人不都想长寿么？但长寿的途径竟然大不一样。中国人长寿的途径往往是远离自然。人们进项日益增多，生活日益讲究，而讲究生活质量的同时，却大量咀嚼着西方工业文明排放的废渣废气。风吹不着，雨淋不着，日晒不着，从空调房走进空调车，再到空调办公室，有滋有味地品着漂白粉味的茶水，吃残留农药污染的蔬菜，穿渗透着化学物质的衣服。从"温室"里长出的大人小孩，一个个似白面书生，如同一根根水生的豆芽。难怪中国足球队冲出亚洲走向世界花了四十年的时间。也终于理解，今年在沈阳结束的那场国际足球赛后掀起的全国球迷的狂欢。

前几天看一个资料，说现在二十岁左右的少女已有相当部分的骨密度比相应年龄段峰值低10%，特别是都市女孩骨密度低现象明显增长，其主要原因是怕太阳晒而光照太少的缘故。

西方人也想长寿，长寿的途径是亲近自然，直接饮用自来水，生吃鲜嫩的蔬菜，在暴风雨中淋浴，在烈日中暴晒，非但没有因此缩短生命，反而换来更健康强壮的体魄，更高的生命质量。或许，这也是西方现代文明的一部分。

从自然的角度而言，人与草、人与虫同为大自然哺养的物种，不过生命长短不同罢了。但在生命的过程中，同样离不开阳光、雨露、空气、养分。

远离自然则远离生命。

融入自然，生命之树才会长青。

2001年

西欧纪行之二

——与时俱进，巴黎公社的原则永存

"一个幽灵，共产主义的幽灵，在欧洲徘徊"。到上个世纪中叶，这个"幽灵"从星星之火，燎原在世界的各个角落，如火如荼，汹涌澎湃。又过了半个世纪，以马克思学说命名和支撑起来的相同模式的社会主义阵营，分崩离析。东欧剧变、苏联解体，西方资产阶级政治家因自己的预言部分地变为现实而欣喜若狂，他们不无自豪地宣布，社会主义的兴起与灭亡同样是20世纪的大事。

从上大学，再到工作，《共产党宣言》开篇的这句话，我们印象太深，却知之甚少。来到巴黎，埃菲尔铁塔、凯旋门、巴黎圣母院、香榭丽舍大街等名胜，都不像巴黎公社墙那样强烈地吸引着我。心里一直有着这样一悬念：那个幽灵还在欧洲徘徊吗？

清晨的巴黎，下着蒙蒙细雨，我们一致强烈要求参观巴黎公社墙。获得同意后，大家怀着崇敬的心情，来到拉雪兹神父墓地，在并不特别引人注目的东南一角，找到了那堵并不高大伟岸的墙。巴黎公社墙高不过两米，长约三十米，墙上嵌刻着"1871"的金字，墙根下鲜艳的红花依然茂盛。我们肃穆地排队站在墙前，脱帽默哀，致礼沉思，禁不住思绪万千……穷凶极恶的凡尔赛军队，以复仇者的疯狂，杀人如麻，血流成河，胸怀理想的巴黎公社战士，不屈不挠，顽强抵抗，且战且退，踏着同伴的尸体和血染的泥泞退到一堵墙下，面对凡尔赛军队的屠刀做最后的抗争，直至全部倒在墙根下……马克思在事后两天写就了《法兰西内战》这篇著作。在1891年发表的单行本导言中，恩格斯详尽地论述了巴黎公社战士的英勇壮举，宣称巴黎公社社员墙"至今还直立在那里，作为一个哑的但却雄辩的证人，说明当无产阶级敢于起来捍卫自己的权利时，统治阶级的疯狂暴戾能达到何种程度"。（《马克思恩格斯选集》322页）

巴黎公社失败了，但巴黎公社的原则是永存的！

我们迈着沉重的脚步离开巴黎公社墙。我问戴小姐，如今法国共产党在国家政治生活中的地位如何。据她介绍，法国共产党原是法国最大的政党，有28%的选民。党员人数最高时达50万之众。但近年来，党员人数急剧下降，目前约27万，选民不过8%左右，在议会中的议席不超过20%，已是一个对法国社会政治生活无足轻重的组织了。

马克思深情期待的共产主义在欧洲各国没有大面积地出现，而是在近半个世纪后的苏联，由列宁缔造了世界第一个社会主义苏维埃政权。列宁创造性地发展了马克思主义的理论，深信社会主义可以在一国取得胜利，之后在世界各大洲相继不断地建立了共产党组织，建立了社会主义国家。然而，又过了半个多世纪，一些社会主义国家纷纷改旗易帜，共产主义转入低潮。

最早徘徊在欧洲的共产主义幽灵，竟然未能在欧洲扎根。巴黎墙前倒下的战士们期望的共产主义大同世界，却在欧洲换了一个面目出现了。以资本主义制度为基础构架的欧洲联盟，开放了国界，统一了货币，统一了欧盟经济贸易的游戏规则，并且逐步由一个地区性的经济联盟走向经济、政治、文化上的全面联盟。

历史总是为后人留下很多思考的空间，是马克思主义的立论基础存在问题，或是地球上缺少共产主义的土壤，还是那些国家政党对马克思主义科学方法的掌握和运用不够？

马克思主义学说的创始人，是一代伟人，同时又是普通人。是人类社会未来的天才预言家，但又不是算命先生。不可能对未来社会几十年甚至几百年做出具体详尽的设计。显然，拘泥于马克思根据其所处时代而进行的某些理论概括，拘泥于马克思对未来社会分析得出的个别结论来塑造一个现实的社会和国家，无论社会如何发展和变化，都以静止的、孤立的、教条的观点来对待马克思主义，难免不发生悲剧。

"马克思主义不是教条，只有正确运用于实践并在实践中不断发展才具有强大的生命力。"（江泽民《论三个代表》150页）中国共产党的三代领导人，遵循马克思主义的原理，科学的世界观和方法指导中国的革命和建设，不断地把马克思主义同中国的具体实践相结合，创造性地发展马克思主义，使马克思设想的未来社会在中国一步步得到实现。

"不要认为马克思主义就消失了，没用了，失败了。哪有这回事！"（《邓小平文选》第三卷38页）

开拓创新，与时俱进是马克思主义的理论品质。一切革命者掌握了这个武器就无往而不胜。马克思在欧洲亲手栽下的共产主义幼苗，总有一天会在全球成长为茂密的森林！

2001年

西欧纪行之三

——流芳百世的建筑艺术无一是"献礼"工程

有人说，建筑是凝固的音乐。

的确，这音乐的旋律表达的是一定时期社会前进的脚步，人类文明的水准。建筑是一定历史时期科技水平、艺术水准、审美观念、生活情趣的物化，因而建筑文化是构成社会历史文化的重要组成部分，或许可以这样说，欧洲的文明很大部分是建筑师一砖一瓦砌起来的，建筑艺术、绘画艺术正是欧洲文艺复兴的重要组成部分。

旅行欧洲，大部分时间总是与建筑分不开，或看城堡，或看教堂。所以有人沮丧：欧洲不过如此。但欧洲的朋友却乐此不疲，滔滔不绝，如数家珍——古罗马废墟中的瓦片、佛罗伦萨的断墙、但丁的旧居、威尼斯的叹息桥，诸如此类，或由建筑而衍生的人文掌故、奇闻逸事。看来，文艺复兴的灿烂与当时欧洲的辉煌不少是通过建筑艺术而折射出来的。在延绵不断的教堂和城堡间穿梭，主人强制性的灌输，慢慢培养了我们对建筑物的兴趣和耐心，从古罗马竞技场到圣彼得大教堂，从巴黎圣母院到凡尔赛宫，主人的介绍让我们发现了一个有趣的现象：大凡流芳千古的建筑艺术精品，无一是一挥而就的"政绩""献礼"工程，而是几年、几十年乃至几代人呕心沥血创作的艺术精品。

圣彼得大教堂堪称世界第一教堂，于公元326年落成。是世界上最早的教堂，史称老圣伯多禄大教堂。后由意大利文艺复兴时期伟大的艺术家和建筑师米开朗基罗、勃拉芒特、拉斐尔、桑加罗等大师主持改建，他们的共同聪明才智创造了这座世界宗教建筑艺术史上的杰作。工程实际进展从1506年开始，期间几经周折和变故，终于在1626年完工落成。

巴黎圣母院，始建于1163年，由教皇亚历山大和法王路易七世共同主持奠基，工程历时近两百年，直到1345年才竣工。17、19世纪多次重修，设计也较原作做了修改，才有今日之风姿。

更有意思的是佛罗伦萨主教堂，建于13世纪，设计师当时设计了一个跨度达四十二米的穹顶，限于当时的历史条件和建筑技术，主体工程完工后而穹顶无法竣工。从公元1367年起，一大批设计师、能工巧匠，呕心沥血，挖空心思，甚至为了设计这个穹顶专门到罗马研究学习拱券艺术，终于在公元1420年完成设计开工建造，到公元1470年完工。前后一百多年时间才建成这个穹顶。

一座教堂，一处建筑，从设计施工到最后竣工，花费了几代人的心血，历时几百年的施工建设，最后塑成一座完美无瑕的艺术精品。最初的设计人员、施工人员耗尽毕生精力却看不到自己作品的实现，不免遗憾终生。而当其洒下的血汗凝成流芳百世的艺术精品，不也无限欣慰吗？

显然，前后几百年，多少设计大师、伟大工匠都淹没在历史的长河中。他们的作品问世后，或许人们并不知道作者姓甚名谁。设计者、工匠们看不到自己的"政绩"，也无意赶上什么"节日"，献上什么"礼"。否则他们雕琢不出这种精品。由此，我想到了我们生活中常常看到的"政绩"工程，"献礼"项目，是何等发人深省！

表"政绩"也好，献"厚礼"也罢，说到底无非是想垂名千古。然而，赶时间与留名声之间，往往像熊掌和鱼不可兼得。献大礼要赶时间，造政绩也顾不上其他，于是乎就不可能精雕细刻，就不可能精益求精。而艺术是来不得半点浮躁的，是掺不得任何杂念的。一旦艺术家的创作偏离了艺术创新的追求，其作品的生命力必然会大打折扣，以造政绩为目标的建筑，其政绩为第一目标，自然难有艺术上的成就，甚至长桥垮塌、高楼倾覆、生灵涂炭，也在所难免了。"政绩"者自然身败名裂，想要流芳百世，收获的却是遗臭万年。

2001年

西欧纪行之四

——善待生命在何时？

国人常以任劳任怨、吃苦肯干、加班加点的人为楷模。自然，这是社会所倡导的正气；不少人常以不进医院、少打针、不吃药而自豪。自然，这是健康的表现。

见诸媒体的先进事迹报道，常常描写那些带病工作，任劳任怨、呕心沥血乃至倒在工作岗位上的英雄人物，甚至在呈报某干部急需重用时往往列举其如何"咬紧牙关""顶着肝部""黄豆般的汗珠流淌"仍然坚持工作的事实，而证明其事业心极强，或"一边吊针一边布置工作"云云。自然，此种献身精神，令人肃然起敬。

也有令人扼腕痛惜的事，为了挽救一猪一羊而不惜搭上一条人命。

司空见惯的是，加班加点，白天干不完，晚上接着干。放弃节假日，玩命地来一阵。一旦累倒了，领导们来到病床前，嘘一声寒冷，叮嘱一通医生。如此这般"全力治疗，不惜代价"之类。

更具讽刺的是，兄弟姐妹成群，风烛残年的老人无人赡养，甚至为支付老人的生活费而把官司打到法院。老人一死，兄弟姐妹们顿时孝敬起来，披麻戴孝，号啕大哭，摆酒设宴，开出长串车队，隆重厚葬。是悲伤，还是庆贺？谁也琢磨不透。

现在开放了，发展了，进步了，不少地方相继报道，医院推出新的服务：临终关怀。西方人就十分纳闷：为何等到临终才来关怀？人生一世，几十年的生命中，社会为何不能年年关怀，处处关怀，时时关怀？以提高他们的生活质量，延长他们的生命。也许这正是东西方文化的差别所在。

抵达尼斯的那天，我们同司机C先生发生不快。尼斯有个城中之国摩纳哥，国土面积1.9平方公里，1.5万常住人口，18名警察，没有完整的国家治理机构，很多管理依赖于法国政府，但旅游、金融却异常发达。我们想看看这个袖珍之国，同C先生商量，能否晚餐后开车前往开开眼界。

C先生坚决不干，连连摆手"No, No"。

再度交涉，"耐心细致做了思想工作后"，C先生说，我今天的工作时间只有半小时，在摩纳哥来回包括停留至少两小时，然后两手一摊，没门！

我们误以为C先生是敲竹杠，要另外付工资。大家认为可以同他谈判，给付超时工资。可C先生爬上驾驶室，从方向盘边的仪表盘里面摸出一个类似心电图电波图形的纸盘，对陪同人员叽里呱啦一说。

原来欧盟有规定，凡驾驶十座以上客车的司机，每天工作不能超过九小时。且每开车两小时必须休息十五分钟，时速不能超过一百二十公里。这些数据全部记载在仪表盘下的黑匣子里，管理机构要检查黑匣子的记录，看是否超速行驶，超时工作，是否按时休息，违反者将受到严厉的经济处罚。通过此项管理可以控制高速公路的意外伤亡和交通事故。

在欧洲旅行，我还了解到很多以人为本，体现人文关怀，善待生命的系统管理规章。

欧共体国家规定，六岁以下的儿童乘车，无论大车小车，不能坐在副驾驶位置，防止出现意外。每当星期天，高速公路流量加大，尤其是通往海边的公路。但仔细观察，这些来往穿梭的车辆中，看不见一辆货车或工程车。问其故，原来各国规定星期天所有国家机关、企事业单位必须放假休息，否则将追究法律责任。我们在维也纳、巴黎等城市，均遇到星期天。除了少数餐饮店外，一律关门歇业。每天晚上到了下班时间，商店不允许自己擅自延长时间加班，倘有人加班，群众则检举报告，招来监管部门的查处。

欧洲的所有公共场所和街道，都设有无障碍通道，有小孩活动的场所和玩具。我们在欧洲考察，历时半个月，行程五千多公里，大多时间在高速公路上，未遇见过一起大的交通事故，也未碰过因事故而阻塞交通的情况。

交通管理的科学、有效，所有人性化设施设备，都充分体现了对生命的尊重和关爱，这种关爱体现在生命的每时每刻，并不等到"临终"再来一下关怀。

控制司机工作时间，限制汽车时速，看起来造成了社会资源的浪费，但因此而减少交通事故，减少人员伤亡，减少交通阻塞，大大节省了时间，节约了社会成本，大大减少了因事故而付出的高昂代价。

法国人有句话叫作"赚钱是为了休息，休息不是为了赚钱"。

这也许是对善待生命最好的回答。

2001年

西欧纪行之五

—— 想看看罗马吗？请你下车

欧洲的旅游业，在世界范围内是极为发达的，旅游收入、旅游创汇、接待人数都排名前列。据世界银行1997年的报告，当年法国入境游人达6684万人，收入达283.1亿美元。

可进入性是旅游业发展的主要指标。每一个业内人士都想方设法为游客提供快捷优质的服务，特别是交通服务，这是抢占市场份额的条件之一。但我们通行在意大利的罗马、佛罗伦萨都屡遇红灯。去罗马之前，陪同告诉我们，随身物品尽可能少带，最好穿旅游鞋，肚子里要有足够的食物。我们不解，一问才知是到罗马所有中巴、大巴都只能停放在城外，不得进城。问何故，保护古罗马。新鲜！在我们的域外旅行中，还是首次遇红灯。据说罗马市做出这样的规定后，遭到欧共体所有国家的游人反对。然而，反对归反对，罗马市政府依然我行我素。

走就走吧，看看罗马到底是什么西洋镜。一天下来，劳了筋骨，开了眼界，也觉得罗马政府此举确实应该。走马观花看罗马，就像沿着时空隧道，来到2000年前的古罗马，这里是一部欧洲历史的缩影。罗马是中世纪四大文明古国之一，古罗马城建于公元前470年前后，走进罗马旧城，古堡、旧街、断墙、残垣随处可见。灰暗的天空，灰色的城墙，斑驳脱落的砖瓦。罗马，似乎远离欧洲现代文明。古罗马废墟，俨然考古发掘现场。残缺不全的罗马柱，建筑物上的石刻，雕梁画栋，依稀可见当年的辉煌。这里有世界最早的凯旋门，它立于罗马斗兽场边，据说，后来欧洲所有的凯旋门皆依此画瓢。罗马斗兽场建于公元72年，历时八年之久，于公元80年完工，是八万多犹太俘虏的"政绩"。整个建筑占地两万平方米，五十七米高，最大直径为一百八十八米，可容纳近九万观众。是一个集斗兽、竞技、赛马、歌舞、阅兵和模拟战争的场所。斗兽场落成揭幕的日子，举行了盛大庆典，古罗马统治者驱使三千名奴隶、战俘和罪犯组成角斗士，同数千头凶猛的野兽进行厮杀表演，死伤人数无从查考，但从杀死三十二头大象、十只老虎和六十头雄狮、四十匹野马的战绩看，血淋淋的场面是何等悲壮，坐在看台上的几万名贵族，则一边谈笑风生，嗑着瓜子，一边欣赏活人被野兽一口口撕扯的场面，不能不佩服罗马统治者取乐方式的"别开生面"。

罗马威尼斯广场对面是墨索里尼的军事指挥所，墨先生虽然是十足的战争贩子，但偶尔也假装斯文，附庸风雅，爱惜文物。据说当他的军事面临败北时，竟良心发现，宣布罗马为不设防城市，以免枪炮子弹砸了这些遗存几千年的坛坛罐罐。所以，纵使在那样兵荒马乱的年代，罗马古城也丝毫无损。的确，在罗马旅行，就像走进一个出土文物商店，随便捡起一块砖头、一片瓦片，都有几百年乃至几千年历史，都是一份有考古价值的文物。走过罗马城、佛罗伦萨，我们常常深思引以为豪的一番话：有几千年文明史的古国，云云。也更加强烈地感受到20世纪中叶那场"革命"给中国文化带来的巨大灾难。

走出罗马旧城，出现在眼前的是高楼林立，玻璃幕墙耀眼的金融大厦、国际会议中心、商业中心和鳞次栉比的新罗马城，它使我们一下跨越了两千年年，回到了现代欧洲。原来，罗马当局早就在其边上建起了新罗马城，既不让现在的罗马人去刀耕火种，茹毛饮血，又不至于让古罗马毁于一旦。保护旧罗马同建设新罗马和谐地统一。意大利人曾自豪地夸下海口，花钱建现代化都市是傻瓜都会干的事，而保护一座几千年的古城却不是有钱就能办得成的事。

是啊，历史的长河中，每一个时间段的人都创造着当代的文化，都留下了那个时代的遗产。他们的后代如何面对祖宗的遗产，是全盘继承，还是全盘扬弃？倘不加取舍，全盘留下，那么地球也许没有今人立足之地。倘干净全部地"破坏一个旧世界"，也许人们看不见古罗马。把祖宗们在他们不同的时代创造的最具有代表性的作品留下来，应当是人类子孙们的责任。

在罗马，我们也闯进那些外墙破旧、灰头垢面的建筑物里看看。反差越千年，古堡似的建筑内，不乏富丽堂皇的现代装饰。据说罗马政府的古建筑外墙立面的改造是极其严格的，至于屋内的装潢完全可以按现代人生活的要求去做。

当我们把视线移到国内任何一个城市，你都会感到你到了一个建筑工地。拆屋建房，周而复始，年年如此，这些城市都像是某一天或某个晚上突然从哪片海域飘来的，看不到他的昨天、前天。找不到他的文化根底，找不到他的姓氏。一阵攀比"火柴盒"，过一阵攀比"摩天大楼"多少，过一阵又攀比"民族风格"。所有城市大都是一个面孔，功能定位雷同，建筑风格雷同，建筑物设计抄袭。

面对祖宗的遗产，每一个活着的人都无权随意糟蹋！

面对子孙，每个人都应回答，如何创造自己的文化！

那么，仅仅是进罗马应当下车吗？

2001年

狮城崛起与做大城市的思考

　　新加坡是个城市国家，国土面积680多平方公里，包括流动人口在内420万。1965年独立后，用了不到四十年的时间，跻身亚洲四小龙之一。人均国民生产总值在世界排名第九位。2003年，国内生产总值1520亿新元。除了经济实力外，新加坡还是世界著名的花园城市，曾获得联合国颁发的世界居住环境奖。

　　人类文明的过程，从某种意义上说来，就是一个从农村走向城市的过程。社会发展到了21世纪，城市建设发展太重要了。它是现代文明的缩影，是区域经济发展的载体，是综合实力角逐的见证，还是全球化竞争中一展拳脚的依托。

　　城市是财富的象征。高楼大厦，垒积的是财富；灯光闪烁，炫耀的也是财富。城市甚至是一个国家经济大厦的支柱。比如，纽约、东京、巴黎的经济总量就分别在本国GDP中占有相当的比重。

　　上世纪90年代以来，我国城市发展进入了"加速阶段"，城市化水平由1990年的18.9%提高到2002年的39.1%。城市化推动着产业结构、社会结构、城市空间结构的变化，也推动着农业文明向现代文明的进步。专家预测：2010年至21世纪中叶，我国城市化水平将分别达到45%和65%。世界银行一份评估报告称，"通过城市化促进经济效益、经济增长和经济平等"是中国继续发展的"最为主要的政策之一"。中国城市化需要借鉴世界的文明成果。

考察新加坡发展的轨迹，深感城市化对于实现社会经济发展之重要，也引发了我们对城市化进程中一些问题的思考。

思考之一：现代城市不仅是商品交换的中心，更是一个能以较低成本生产加工制成品的基地。加工制造业的不断扩张是城市做大的内动力，是支撑城市的巨臂。只有工业化，才能实现城市化。

如何做大城市，圆梦城市化，不少有识之士做过有益的探索，开列过很多处方。诸如"引农造城"，放松户籍管制，勒紧裤带扩大城市框架，但城市并没有在意愿和企盼中"长"大。

探问新加坡，查阅其成长的记录发现，新加坡的成长始终同制造业的成长相伴。资料记载，上世纪末，新加坡制造业在国内总产值中的比重一直维持在20%以上。在制造业中，石油、化工、电子成为支柱产业。电子工业占制造业的50%，2000年列为世界七强之一。新政府实行制造业和服务业两条腿走路，很快摆脱了1997年东南亚金融风暴的阴影。2002年，新加坡制造业在国内生产总值中的比重达26.5%，金融服务业占24.5%。与此不同的是香港，把发展的棋子压在服务业上，由于70年代后劳动力、土地成本上涨，发展空间有限。香港大批制造业厂商进入珠江三角洲，使香港制造业萎缩。由70年代占GDP的30.9%到80年代的23%，直至目前的5%左右，使金融风暴造成的创伤难以愈合。90年代初，上海提出了"三、二、一"的发展战略，即优先发展第三产业，期望在20世纪末使之占GDP的比重达到70%。有趣的是，去年以来上海的媒体上频频出现"173计划"，即把嘉山、青浦、松江173平方公里的土地辟为"经济特区"，大力招商引资，让前些年流失的制造业回流上海，从而拉动GDP增长。

这些资料证明：城市繁华的背后，是产业的支撑；搬运人口，很难做大城市。"产业空洞"的城市，经不起经济周期性的起伏颠簸。这使我们深感省委省政府提出的以工业化为核心，推进城市化的战略决策是符合城市发展规律的。

思考之二：做大城市，必须做出城市个性。有个性的城市才有蓬勃朝气。独特的地理环境气候和由此衍生的独创性建筑文化，居民有特色的生活方式及文化积淀，是构成城市鲜明的个性特征。

什么叫城市？《中国大百科全书》定义是："依一定生产方式和生活方式把一定地域组织起来的居民点，是该地域或更大腹地的经济政治文化中心。"但是，城市发展的进程中，也常常发生种瓜得豆的结果。诸如生态失衡、资源浪费、历史文化遗产毁灭和城市特色消失等。

新加坡早期规划的定位是要建设一个"迷人"和"优雅"的社会，保持"清洁""翠绿"的形象，建设花园城市。新加坡是个岛国，靠近赤道，日照多，雨量充沛，空气湿润。常年气温在20摄氏度以上，适宜植物生长繁殖。无论是行进在高速公路上，还是漫步在繁华的大街上，都有置身花园的感觉，充满视觉的美感。地上绿草茵茵，举目繁花似锦，街道路旁，树冠如伞，浓荫蔽日。得天独厚的地理气候特点决定了新加坡具备了建设花园城市的硬件。

新加坡又是一个多民族共处的国家，华人、马来人、印度人长期在这里生活。牛车水的建筑，古朴典雅，饱含中华民族传统建筑文化血脉；随处可见的印度寺庙，爬满屋脊的佛像，个个栩栩如生；沿海港口直插青天的现代建筑，飘溢着新世纪文明的气息。放眼新加坡的建筑，可以触摸亚洲建筑文明，在融汇了多民族建筑风格的基础上凸现了自己的特点，表现了不同民族建筑艺术共生共融和谐相处的个性。

反思在推进城市化的进程中，我们从媒体上听得最多的口号是建"国际大都市"，建港口金融旅游中心，建设花园城市。口号极鼓舞人心，但实际可能性有几许？地理条件，物质基础，经济实力，气候特征是否可行？昆明要建花园城市没人怀疑，倘若黄土高原，边疆雪国也要建成花园城市就值得研究。不少城市提出要建成港口中心、金融中心、物流中心等等。以中国之大，在若干个城市群中形成若干个中心是完全必要，也完全可能。但每个城市都成为中心则不可能。

再是建筑规划设计。总体上评价，我国建筑设计水平赶不上城市化的进程。建筑设计规划领域相互抄袭、模仿之风盛行。千人一面，要么一哄而起搞"火柴盒"，要么大家都盖"琉璃瓦"。你建广场，我建得比你的大。你立"罗马柱"，我也立"罗马柱"。走南闯北，似曾相识。建筑设计是艺术创作，是独创性的劳动，贵在特色和创造。不应当有两栋一模一样的建筑。只有每一栋建筑物都在符合城市总体风格下的不同造型、不同立面、不同艺术特点，才能构造城市的个性。

说到美国，人们自然想到华盛顿、纽约。无论是初来乍到还是深入体验，都很容易发现它们的个性差异。华盛顿是政治中心，看不到灯红酒绿的街景，看不到光怪陆离的商业广告，国会山周围所有建筑的高度，不能超过国会大厦的尖顶。整个华盛顿，像个满脸严肃且城府极深的政客。纽约则是另外一个世界，一个放荡不羁又风流倜傥的阔佬，摩天大楼林立，广告彩色斑斓，市井喧嚣嘈杂，世界金融贸易中心城市名副其实。而拉斯维加斯，则是一个外形和气质都名副其实的赌城。

城市个性还融入与之相应的市民生活方式。外行说，丽江古城保护得完好无损；专家说，丽江古城已经死啦。因为原先住在古城的居民发达了，到离古城很远的别墅中享福去了，与丽江古城相应的人居生活方式没有了。

说到北京，人们自然想起的是故宫和四合院。宫廷的大气和帝王文化支撑着北京鲜明的个性。任何地方都做不出这种效果。

在实现江西崛起的进程中，省委、省政府提出要把南昌做大，培育和壮大一批各具特色富有综合竞争力的中心城市，这是一个事关全局的重大战略。但如何区别南昌、九江、景德镇等不同城市的地理位置、文化积淀，在做大的过程中做出个性十分重要。有特色才能形成品牌效应，才有吸引力和辐射力。新加坡每年接待境外游客600多万人，旅游收入占国内生产总值的10%。之所以如此，是因为它是一个值得游人流连忘返的花园城市。

没有个性的城市是"水泥森林"，算不上真正意义上的城市；相互抄袭、剽窃和模仿做不出像样的城市，个性才是城市的鲜活的生命。

思考之三：城市是一个人口集聚的概念。做大城市要以人为本，方便人的生活，提高人的生活质量。满足人们实现自身价值和追求更高精神、物质生活的需要，是使城市做大的出发点和落脚点。

新加坡1951年开始着手概念性规划，请了一个英国专家组，考察、酝酿、设计折腾了四年。到1965年新加坡独立，由联合国帮助拿出了四个规划方案供选择。规划把新加坡600多平方公里分为5个区，55个小区，15

个卫星城。其中居住、教育文化和公益事业、工作生产基础设施、未来开发用地分别占19%、23%、19%、21%、18%。这个规划以法律形式规定下来后，随着社会经济的发展变化，每五年修订一次。现已作过六次修改，每次修改都着眼于解决阻碍社会发展和影响人民生活质量的突出矛盾。60年代，新加坡最大的社会问题是房屋短缺、人民居住条件恶劣、失业率居高不下，政府着手实施"居者有其屋"计划，同时划出1200公顷土地发展裕廊工业园，为人民创造就业岗位；70年代，新加坡经济快速成长，但基础设施建设滞后，政府加大港口、码头、机场、电力建设，规划发展金融中心，培植经济增长后劲；80年代，为适应人民提高生活质量的需要，改善公共交通设施，绿化美化城市环境。规划要求为全国人均提供30-35平方米高质量的住房，每一千人有0.8公顷的绿地和开放空间。按照

"居民踏出家门到轻轨站顶多只费10分钟"的要求组织交通设施。市区重建局的官员说："我们不断在寻找新概念、新构想，以提高国人生活水准，也满足他们的需求和理想。"在新加坡生活，市政和公共场所有很多人性化、人情化的小品设施。乌节路和莱佛士坊是密集的商业区，人口流量大，为方便行人，建造了长达2.8公里的人行道网络，连接起23个主要建筑物，残疾人通道、游人休憩石凳、避雨长廊一应俱全。新加坡雨多，日光强烈，街道路边建起了长长的风雨廊，任尔烈日暴雨，游人照样闲庭信步。规划还在就业集中的区域建设组屋，方便居民上班，又缓解了中心区的交通压力。

　　这些规划设计理念，对我们推进城市化进程都有借鉴作用。尤其是规划的管理和执行，要有权威性、法规性。不能心血来潮，朝令夕改，换任市长就改规划。还有规划和实施的整体性，往往顾此失彼，建了地面的，不管地下的空中的。于是乎，改造自来水管要挖，电力扩容要挖，改善

通信工程还需要挖。一年365天"挖山不止"。弄的交通不畅，行人不便。再是"旧城拆迁"。不知道西方国家的城市建设是否有"旧城拆迁"一说。假如世界都这样，肯定没有意大利的佛罗伦萨、威尼斯、罗马古城，也没有巴黎圣母院。很多国家，不随便建，也不随便拆。不少建筑只能内部不断地改造装修，但绝不能动外墙立面。

学者说，建筑是凝固的音乐。一处建筑是一段历史，是一段历史文明的物化。它代表一定历史时期人们的审美情趣，生活方式，生产技能，艺术水准。欧洲文艺复兴，建筑是重要的载体。我们的城市建得快，拆得也很快，一栋大厦拔地而起，另一栋轰然倒下。

城市建设上的随意性，最终苦了城里的老百姓。大雨滂沱，街道成河。挖沟不止，"禁止通行"，处处红灯黄线，步行十分钟的路程，车程半小时。密密麻麻的"接吻楼"，形成"热岛"效应，夏季常常"高烧"到四十度，除了全球气候变暖的原因，是否也有些人为的因素？

有生命力的城市，是适宜人居住生活的地方。处处体现对人的关怀，给生命予方便，于细微处关心。在城市空间布局上，造成自然的生存状态，既有绿有花，也有山有水。

城市应为人的发展和自由而成长，而不是让人去适应城市成长。

思考之四：城市的发展有其内在规律性，领导者的责任是认识和把握其规律，理性引导，促其水到渠成，要树立正确的政绩观。切忌浮躁蛮干，急于求成，最大限度减少资源浪费和损失。

新加坡的建设发展经历了近四十年，虽然其发展过程中不断调整和修订目标，但始终保持了规划确定的大方向不变，持之以恒，循序渐进，没有发生过大的折腾。关键是顺应城市发展的客观规律，善于把握和运用规律推进城市的发展。城市建设和管理是一个涉及多学科多领域的系统科学，远比领导工业、农业生产要复杂得多。任何急于求成，浮躁蛮干，都会造成无穷的后患。甚至一代人的失误，造成几代人的痛苦。无论基础设施、规划布局、交通组织、功能设计、公益事业，还是具体的每一幢建筑的设计施工，都必须以严谨细致的科学态度认真对待，精雕细刻，精益求精，经得起时间的考验，经得起市民的评判。考察欧洲文艺复兴时期的建筑艺术，不难发现一个有趣的现象：凡是流芳百世的建筑杰作，都不是应景之作、"献礼工程"。巴黎圣母院，始建于1163年，由教皇亚里山大和法王路易七世共同主持奠基，工程历时近二百年，直到1345年才竣工。17、19世纪又多次重修，设计也较原作进行了修改，才有了今日风采。更有意思的是佛罗伦萨的主教堂，建于13世纪，设计师当时设计了一个跨度达四十二米的穹顶。限于当时的历史条件和建筑技术，主体工程完工后而穹顶无法竣工。从1367年起，一大批设计大师、能工巧匠，呕心沥血，挖空心思，甚至为了设计这个穹顶专门到罗马学习研究拱券技术，终于在1470年完工，历时一百零三年。

　　城市发展建设的水平和速度，当然反映为官者的政绩。问题是领导者追求什么样的政绩，一切建筑项目，市政设施，都要有利于经济社会发展，有利于市民得到实惠，有利于提高人民的生活水平和生活质量。新加坡拓展城市空间的过程中，也有旧城拆迁。但拆迁之前，先为拆迁户建好新区，安顿好市民后再拆除旧建筑，并要求迁移的市民生活环境和舒适程度要优于旧址。政府舍得花大钱建设反映现代都市特色的标致性建筑，也花本钱买高压水枪给街道小巷定期冲洗。财政部每年安排给城市园林局四亿新元的资金，其中两亿元是用来修剪草坪、种花植树、美化出新的。

　　城市发展中，大刀阔斧上新项目，改善基础设施是政绩，掏阴沟，灭"四害"也是政绩；市面上高楼拔地而起是政绩，通畅的地下管网，坚实的隐蔽工程同样也是政绩。

2004年于新加坡南洋理工大学

维多利亚港湾的秀美与商家的机灵

　　我已经是第六次参加有关方面组织的（香港）招商引资活动，组委会每次都安排我住会展中心边上的万丽海景酒店。前两次我没在意，第三次入住时我才发现，历年来入住的是同一个房间——2416。房间的设施设备，办公桌、沙发、冰箱、茶具陈设依旧，卫生间的毛巾、地毯、防滑垫、洗刷用品等，放的是相同的位置。特别是拉开落地窗帘，眼前的维多利亚港湾，依然是我历年观维多利亚港湾的同一个角度。岁月流逝，而眼前的风光依旧。说实在的，当我第三次进入这间客房，还真有点回家的感觉。从这次开始，我每年接到赴港招商的邀请，就事先告诉香港的朋友：有事就到2416房间找我，或者打电话到2416。有了这个惯例，后来每次往来香港，朋友们很自然地找到这个房间，也一定会如约见面。自然，我对酒店这个安排非常满意，让我找到了"宾至如归"的感觉。一次与同行工作人员谈到招商活动的组织筹划时，我以酒店房间安排为例，肯定他们的细致周到。他们告诉我：自从你第一次入住酒店后，客人的职业、身份、爱好、习惯、对酒店及房间的满意度等信息就被店方收集归档了。所以，只要客人第一次住店表示满意，那么今后你入住这家酒店，店方一定尽力安排相同的房间，让客人有一种回家的感觉，这是他们的理念，我们采纳了他们的建议。而且这是海景房，房号也不错，这样的房间很紧俏。

原来这样的海景房在酒店非常热卖，无论旺季淡季，常常一房难求。房客在工作之余，看看维多利亚港湾，波澜壮阔的大海，蓝天、白云、碧海连成一片的色彩，能使人烦恼尽除，疲劳顿消。每次任务结束，离开酒店，离开这间客房，还真有些依依不舍。

2416房间正面朝海，整个墙面都是玻璃，楼濒海岸，高耸凌空，人在房间，有一种漂在海面上的感觉。由于近水楼台，我常常在忙完工作之后，拉开窗帘，静静地坐在沙发上，面朝大海，在不同的天气、不同的时段观察维多利亚港湾的变化，尽情地饱览眼前这得天独厚的风光。

这天下午四点时分，天空有些薄云，碧蓝的港湾呈现在面前的是一个竖"8"字，我在"8"的顶下端。上端是墨绿的山脊连着天上的白云，构成"8"周边填满了大大小小、高高低低、密密麻麻的楼群。从高楼往下看，地面正像是一块插满元器件的电子互通板。此时，维多利亚港湾海面平静，各种船只在海上快速行驶，在海面犁出长长的、逐步扩大的"人"字，在碧蓝的海面划出两条洁白的绸带。我的左手边，是会展中心楼顶，1997年香港回归交接仪式就在这里举行。这个建筑，从上往下看，像一只正在滑行起飞的飞机，两个机翼丰满、有张力、有厚度。这里凝结着我的记忆。当年在交接仪式前一个多月，我来到香港，交接大厅正在紧张地施工，脚手架林立，交接大厅还只是个轮廓。我的右手边，是沿维多利亚港湾的高架桥。海滨还有一些整齐成方的游艇码头，波光粼粼，灯光闪烁，游艇摇曳，彰显着这是一块富人的领地。再往前是海滨公园和运动场。运动场绛红色的塑胶跑道和绿茵茵的草地形成鲜明的色差，和近在咫尺的蔚蓝色的海面，共同构成了维多利亚港湾的美。

维多利亚港湾边上的建筑，外墙一律方方正正，棱角分明，线条笔直。大多淡淡的色调，或淡黄，或浅灰，或淡红，点缀在蔚蓝色的海滨，插在披绿的山坡上，形成了一幅色彩明快、构图简洁的图画，设计者的独具匠心，形成了维多利亚港湾特别的美。

香港五月天，孩儿的脸，一日三变。不知不觉，从大屿山、太平山后腾升起了一片片乌云，慢慢在维多利亚港湾上空集结。刚刚还是蔚蓝的海，陡然黑暗起来。原本蓝蓝的天空，像是有人泼了一盆墨水，灰黑一块，深黑一块。乌云没能遮住的地方，太阳像一束束激光，从云层中喷射出来，金灿灿的。云层下的维多利亚港湾，建筑变得灰暗。我坐在房间的沙发上，望着天空翻滚的乌云，人和脚下的建筑好像也随着乌云在翻动。

夜幕降临，维多利亚港湾又像一个深褐色的墨池，深不见底，与盖在港湾上的天空一样，只有港湾岸边的建筑借着轮廓灯的亮光才清晰可见。临海边的楼宇，窗扉透着星星似的光亮，就像一群星星撒落在港湾的四周。最为耀眼的是五彩缤纷、变幻闪烁的霓虹灯。HITACHI、中国建设银行建银国际（CCB）、MGM等公司的霓虹灯，清晰地倒影在港湾海面上，它们那样全神贯注、彻夜不眠地守望着这片美丽的海湾。此外，湾仔沿道的路灯，连成一线，像一串漂浮在海上的珍珠；道路川流不息的汽车，在夜空"沙沙"作响，显示着东方之珠彻夜不眠的蓬勃朝气。

维多利亚港湾，每个时辰、每个角度都是一幅妙不可言的海景画。

突然，我从海景中发现了一双狡黠的眼睛，它一边盯着我的口袋，一边盯着由海景制造的印钞机，印钞机嘴里正"哗哗"不停地吐出红红绿绿的钞票。我不得不从心底臣服香港的商家，杜撰出一个"海景房"的概念，让消费者哑口无言地、愉快地花钱观景。同样的房间，同样的投资，同样的设施，同样的服务，同样的成本，完全不同的消费价格。

维多利亚港湾，造物主送给香港人的"东方之珠"，又特别厚爱地给商人送来了无本万利的滚滚财源。

2016年夏于庐山

饿死不讨美 （米）

——古巴见闻

我对古巴充满好奇！

好奇之处在于：世界上一百九十多个国家，站在社会主义阵营的只有五个，它是其中之一；西方阵容的老大就在它卧榻边酣睡，居然也没把古巴这棵"窝边草"咽下；在有的人眼里，古巴是一个国家贫穷的标签，但教育普及水平和医疗保障却居世界前列，78.3岁的人均寿命和99%的识字率使古巴连续多年处于世界人类发展指数的高位。

从圣保罗纵贯巴西飞行七小时，抵达巴拿马机场，短暂停留后再飞三小时，抵达古巴首都哈瓦那，已经是晚上九点四十分，下飞机第一感觉就是温度高了。

在哈瓦那机场，安检人员的检查认真、严格、仔细、全面，除了安全门检查之外，还要求开行李箱检查，抖开一件件衣物，翻看一个个包裹。那种不急不慢、天塌下来也要走完程序的态度，那么熟悉，似曾相识。折腾了四十分钟之后，我们乘车走上了一条没有路灯、看不见路牌、黑得像洞穴的公路。陪同人员看出了我们的疑惑，说哈瓦那的经济社会发展状况，与我们国内70年代相似，计划经济，严重短缺，物质匮乏，凭票供给副食品。也有一丝缝隙市场：允许少量的商品在市场交易、二手车交易、住房私人买卖。社会比较安定，几乎没有贫富差别。制造业极不发达，一台跑了十年的达起亚汽车在二手车市场要卖到三十万美金。

我们到达酒店已经是晚上十一点多，饥肠辘辘，想上街找个地方吃夜宵，陪同回答没办法，因为商店早已下班，连方便面都找不到。

从1961年卡斯特罗宣布古巴建立社会主义制度国家开始，美国就宣布对古巴实行经济、贸易、金融封锁，至今已经五十五年。古巴今天的窘态是美国长期封锁的必然还是别的原因，是我进入这个国家一直想得到的答案。

在酒店前台登记，服务员坐在像是烟熏过的台式电脑前，粗壮的手指用力地敲打键盘，就像在启动一台抛锚的老爷车。待她办完我们一行的入住手续时，已经深夜十二点了。

第二天的行程是拜访古巴中华总商会，结果司机迟到了半小时。古巴中华总商会有百年历史，会长和副会长看上去都是八十上下的老人。一栋老房子，有七八层，原来都归商会所有。社会主义革命后，只给商会留了一层，其他的房子分给居民住了。见面、寒暄、赠送礼品。参加会见的会长、副会长，离开祖国五六十年了，但他们的衣着、仪表及形象透射的气质，与在国内碰到的任何一位农村长者没有太大区别。特别是光华报社总编辑，一件蓝色圆领衫外罩了一件的确良短袖，一条灰色裤子，黧黑色的脸，是一个典型的读过几年私塾的农民形象。古巴革命确立计划经济体制，公有制，供给制。华侨也不过一个劳动者而已，他们纵然有非凡的商业才华，也难有用武之地。

走在哈瓦那街上，最强烈的视觉冲击首先是建筑。映入眼帘的就像一个刚刚被洪水淹没过或是经历过战争、地震的城市。满眼都是破旧的楼房、残垣断壁。虽然如此，房屋建筑的造型、设计，雕塑的艺术水准却极有品位。据说现存的哈瓦那街道都是西班牙统治时期的建筑，假如对这些建筑稍加整理出新，哈瓦那的气质或许要高贵不少。另一个冲击是汽车，蹒跚挪动在街头巷尾的汽车，大都是美国、苏联70年代、80年代的汽车，福特、伏尔加、通用雪佛兰……且大多残废，缺胳膊少腿，没了保险杠、少了挡泥板、瞎了"一只眼"……哈瓦那街头，俨然一个"老爷车"博览会。唯一亮点是崭新的中巴、大巴，全部是中国进口、援助的宇通客车。

哈瓦那市中心是革命广场。一片沥青铺设的宽阔地，有几十亩的面积，周围有国家内政部、中央银行、国家电视台等重要机构，这是国家举行重要国事活动的场所，但简朴得难以置信。没有花草，没有装饰，没有雕塑，没有大型电子显示屏，甚至没有修剪过的草坪。各种电线、路灯杆子竖在广场上，给广场增添了杂乱的气氛。广场最有特色的建筑，是一座平地凸起的水泥塔，足有二十几层楼高，它的造型也很特别，就像一只刺齿锋利的狼牙棒，插在广场的中心。据说"狼牙棒"有一个巨大的地下室，是重大外事活动的场所。

如果要在古巴带回点什么纪念品，雪茄烟是最好的选择。在离革命广场不远的地方，有一家雪茄营销店。不过三十几平方米的店面，里面人头攒动，烟雾腾腾，雪茄味刺鼻，还有一双双乞求的眼神盯着进门的中国人，这让我感到有些忐忑不安。古巴政府规定：外国人在古巴可购买三十二支雪茄烟，超出必须征税。雪茄烟和古巴糖是国家的经济支柱，在这个几乎没有工业的国家，连矿泉水都是进口的。古巴红糖，曾是我们儿时的记忆。黑得像块煤，但味极甜。据说现在原糖产量不高，出口到国外加工成各种糖果后再转古巴国内销售。

哈瓦那浮光掠影，于我们这代人，既熟悉又陌生。是一次改革开放、发展经济的实例教学，是一趟历史穿越。古巴社会和谐，公民幸福指数很高，极度的物质匮乏与极低的欲望水准，维系着简单的社会稳定。市民衣衫褴褛却一脸平静的表情，与常见的那一张张因物质追逐而眼放绿光的脸相比，实在让人心里踏实了许多。我感觉：一个清心寡欲、缺少欲望激励的社会固然可怕，但如果物欲无节制地释放，成为社会的主宰，同样很可怕。古巴人很可爱，他们一脸诚意坚守着某个主义，并不因为由此收获尴尬而懊悔。同时又坚守着独立的尊严，不向老美封锁屈服。在拉美国家正经历着"中等收入"陷阱的时候，古巴也许经历着"主义"的陷阱。如果在"主义"之前也加上了"特色"，或许是另一番天地？其实我想，所谓主义与民主一样，不过一件时装。不是所有身材、所有男女、各年龄的人穿着都好看。马教授的原理或许四海皆准，但其设计的模块未必四海适应。

离开哈瓦那，我们沿加勒比海岸，驱车前往巴拉德罗。古巴的交通十分不便，公路边上时时能看见三五成群的人，悠闲地站在树荫下等待着什么。陪同告诉说这是"搭顺风车"的人。政府规定：凡是蓝牌照的车在路上行驶，只要有空位，就必须免费带上搭车人，减少资源浪费。如果你拒载，搭车人可向有关部门投诉，一经查实，将受到严肃处理。我想，允许搭顺风车得有个前提，必须是社会稳定，民风淳朴。否则，搭上了一个吸毒的、抢劫的或其他心怀叵测的，司机小命不是也要搭上？

最不能忘怀的是加勒比海岸的风光：一望无际的绿色草甸，一条简易的弯弯曲曲的沥青路，碧蓝的大海与碧蓝的天空连成一体，片片白云，悠闲地在天空蠕动。蓝天、白云、绿地、碧海、青草构成自然景观，美得让人窒息。前往巴拉德罗途中，我们在一个小镇休息，停在路旁的一辆老爷车——吉姆趴窝了。乘客沮丧地下车，撅起屁股往前推。这个场景，勾起了我四十多年前的回忆。当年下乡出差，乘坐的吉普车、上海牌、伏尔加也常常"罢工"，坐车的转眼就是"推车工"。此情此景，令我不由自主地加入了他们的行列，帮助古巴同胞把汽车推上了一段斜坡，吉姆随坡滚动了几圈，"突突突"发动了。一群棕色皮肤的男女，露出雪白的门牙，朝我一笑，算是谢意。

巴拉德罗是个优秀的旅游城市，洁白的海滩是世界著名的八大海滩之一，同海南三亚有些相似。酒店就在海边，出门就可以下海游泳。碧蓝的海水缓缓地滚上沙滩，变成一片白沫，与沙滩融为一色；目光由海岸及远处，海的颜色由浅变深，最远处的成了墨绿色，连成一线，与蓝天白云交汇，一时分不清白云是在天上，还是掉在海里；海滩有一溜草垛似的遮阳伞，伞面是干枯的植物叶制成，像是白色沙滩上生出的一只只深褐色蘑菇，为海景增添了一抹色彩。

面对一边是金矿似的旅游资源，一边是面带菜色的古巴同胞，我和同行突发奇想：向古巴输出二十个中国的县委书记，植入正在席卷中国的开发区、房地产热的手段，不出十年，古巴或许是另一番天地！

2016年于南昌

尼泊尔趣遇

一

尼泊尔是世界最不发达国家之一，地处喜马拉雅山中段，两千四百多万人口，首都加德满都七十多万人口。尼泊尔是一个几乎没有制造业的国家，国民经济支柱产业就是农业、旅游。因派出企业遇到一些经营上的困难，我们踏上了尼泊尔之旅。

从昆明飞加德满都原本不超过三小时，在飞临加德满都上空时突遇暴雨，飞机在加德满都上空转了两圈之后，掉头往孟加拉首都达卡机场降落。因为没有签证，机上乘客都不能下飞机。飞机停在跑道上听候调度，机场温度在三十度之上，飞机上关了冷气，机舱温度陡升，热得像个闷罐。乘客像热锅上的蚂蚁，坐立不安。苦熬了近三个小时之后，终于等到了机场的起飞命令，下午三点半再飞加德满都。一小时后抵达，我们又转机飞往尼泊尔的第二大城市——博卡拉市。

一次顺意的旅行就这样给一阵暴雨给毁了，我们的行程全部乱了。

晚饭后，原本想看看博卡拉市的夜景，从酒店出门走了十几分钟，我们有些胆怯。眼前的街景，有些像80年代初国内的县城。没有路灯，没有红绿灯，几乎看不到高楼。这里的城市好像就没有建设街道的习惯。两三层的居民宿舍式楼房，羊拉屎似的散落在城市中，不少道路都还是乱石子铺成的。与其在这样的环境中耽误时间，不如抓紧晚上时间和企业的同志聊聊。于是我们返回宾馆，连夜开座谈会，分析企业面临的困难和问题。

1996年以来，W企业涉足尼泊尔市场，总共做了两个项目。主要是水电站建设施工，承接了3、4号电站建设。合同金额为两千七百多万人民币，共亏损了六百多万元。亏损的原因很多，能找出各种理由。我感到，企业走出去有三个环节是必须把握的：一是所在国的政治经济形势走向，决定是否有投资价值和前景；二是规避风险，包括政局、汇率、法律风险；三是投资责任。出资人要层层明确，资产变动要有详细记载。谁投资谁负责。会议开至北京时间第二天凌晨。

第二天行程安排是去喜马拉雅山看日出，当地时间凌晨五点多必须出发。后来又接到通知，说明天当地有个反对党要组织游行，希望我们时间提前，免得游行影响交通。尼泊尔是一个多党联合执政的国家，尼共（毛派）在议会占有一定席位，而且拿到了一个内政部长的职位（可以掌管警察），在尼举足轻重。

这里气候凉爽，生态极好，山清水秀，空气甜润。除此之外，经济社会的发展，几乎和非洲没什么两样。如此优越的资源环境，怎样成为经济优势，增进人民的福祉，是政治家的责任。

二

清早起床，去喜马拉雅山脉看鱼尾峰日出。天还没有亮，从市区出发，不到十公里，汽车就上山。路很陡，很窄，好在车不多。一会儿就登上了看日出的最佳位置。紧随我们之后，来了一队深圳的旅行团。天慢慢放亮，喜马拉雅山上的雪依稀开始看得见。远处的喜马拉雅山最高峰有八千多米，最有名的是鱼尾峰。早七点左右，东边的彩霞开始出现，映照到对面的山峰上，使其披上一抹金色的亮光。日出云涌，金色的云朵不断变化、组合，慢慢散发开去。四十几分钟后，太阳从鱼尾峰背后慢慢露出来，先是一道道紫红色的云彩，后是太阳露出来半个脸，最后是霞光万丈，全身而出。正当大家收拾好相机，准备登车下山，汽车被人给拦下来。来人个个农民装束，脑袋上缠着一根蓝布条，上面写着尼泊尔的文字，问其究竟，原来是大罢工开始了。公路上所有机动车甚至摩托车、自行车，全部禁止通行。翻译上前交涉，不行。紧接着来了一车警察。我们又与警察说明情况，表明是国外客人，访尼有重要公务，且行程安排很紧，希望能予以通融。警察立即与现场的头目交涉，双方一阵手势、争论。最后，警察与现场指挥握手，似乎达成谅解。警方专门派一辆摩托车给我们开道。走了十分钟之后，前面又有一群堵路的男女老少。从表情上看，情绪更加激烈。把警察的摩托车拦住之后，把我们的车也逼到路边停下。大幅度的手势和高调的对话，表示这事没有任何商量的余地。哪个国家的人，什么重要的事，都必须服从罢工的要求。警察又和他们再三交涉之后，向我们摇摇头，表示遗憾。于是我们只好下车步行到宾馆。

吃过早饭，按原计划安排我们要往费瓦湖岛上的鱼尾酒店，没有警方的配合，我们无法出门。经联系，或许因为是外国人，也或许因为尼泊尔旅游业在国家经济中的支柱地位，又或许是接待部门通过某种手段和警方达成了协议，警方再次派出一辆警车，带上十几个警察，协助我们到达了几公里之外的鱼尾酒店。一路上，我们见到所有车辆都停靠在路边。罢工行动，终止了我们原定的行程，只好在酒店活动。这是费瓦湖上一个孤岛。树木葱茏，草坪碧绿，鲜花斗艳，鸟鸣蝉唱。散落在林荫中的是一栋栋低矮的圆顶别墅，像是一顶顶低矮的帐篷，也像是一顶铺在绿地上的八角帽。院内的建筑，最高不过两层。这里的设计、布局、形成的氛围、管理水平，给我们到了欧洲的感觉，全然不觉得是置身尼泊尔。

下午划船游览费瓦湖，还没上岸，大雨如注。一阵紧似一阵，足足下了快两个小时。我们在湖心一个小庙宇里躲雨，几乎全身透湿。时下已经接近每年的雨季，每天都可能碰上几场大雨。

晚餐在一所湖畔花园酒店吃中餐，老板叫新声阁，内蒙古人，长期在西藏做生意，2006年来到尼泊尔开酒店。他告诉我们，如果要在这里用餐，至少要等上一个小时。问其故，说助手今天参加罢工，人手不够。于是我向老板打听今天罢工的情况，他告诉我，今天的罢工是绿党组织的全国性活动。绿党是以被废弃的前尼泊尔王室为基础的组织，他们罢工的目的是要争取自己在尼泊尔的政治生活地位。在君主制时期，他们在国家的政治生活地位很高，现在沦落到第二、三位了。为了显示他们的存在和力量，策划了这次罢工，涉及各个行业，从早上六点持续到晚上八点。从表面上看，尼全国处于瘫痪状态。就因为要找到一个党派的存在感，竟策划了一场全国性的罢工，于国、于家，于人、于己何益? 政治家的德，应当是把手中的权力和人民的福祉联系在一起，如果掌权不是为了人民，而是一党一派之私利，再起劲地刷存在感又有何意义，迟早会被人民抛弃。

三

鱼尾酒店建在费瓦湖一个岛上，四面环水。岛上绿树成荫，芳草鲜美。一大早，窗外就鸟鸣蝉唱，被窗外的景色召唤着，再也躺不住了，起床拉开落地窗帘，推开门，一个宽敞阳台上有一白色的躺椅，我仰望蓝天，头枕双臂躺在椅上，一股树木、青草特有的芳香扑鼻而来。天空湛蓝，太阳刚从地平线上升起，霞光淡淡地散开，变成金色的云朵。五十米开外的费瓦湖，两岸绿树葱茏，碧蓝的天、碧绿的树倒影在清澈的湖水中。太阳映照下，草坪上的露珠发出晶亮的银光。远处的群山青翠若黛，山峰上不时有片片云雾飘过，放眼天际，白皑皑雪山环抱着喜马拉雅山群峰，直刺青天；眼前，匆匆而过的行人，夏装短衣，成了一道特别的风景。

吃过早饭，我们从博卡拉返回加德满都，九点多钟的飞机。机场候机楼是一个类似"车马店"的建筑，进入候机楼有一处用镀锌水管焊制的铁门，一个草垛盖顶的门岗。办理登机手续的工作人员，一律手工作业。见不到一台电脑。行李过磅是一个直立的台秤，显示重量的是一个硕大的玻璃圆盘里的指针。这是我见过的世界上最原始、最落后、最简陋的候机楼。飞机是一架只有十八个座位的小飞机，一条走廊两边各一排座位，客舱和驾驶室连着，飞行员和副驾驶就坐在前面，他们的操作一目了然。飞机航行高度不过几千米，天际的喜马拉雅山白皑皑的，飞机远不及它的高度。二十五分钟后，飞机降落在加德满都的国内机场，又是一个简易得像瓜棚似的候机楼（叫"楼"有些言过其实），实际是机场出入口边上的"地摊"，一个钢管支起的走廊，石棉瓦盖顶，不过十来米长。地上一个铁架子支撑的柜台，一米左右的高度。工作人员在此为乘客分发托运行李。

从机场往酒店的路上，加德满都的市容展现在我们面前。强烈的阳光下，坑坑洼洼的街道上拥挤着行人、汽车、摩托车、三轮车。街上尘土飞扬，人声嘈杂。汽车路过加德满都最繁华的国王大街，不过是一段双向四车道的街道，中间有约五十厘米的绿化带，那是用花瓶装盛的花草，给人以"恶搞"的感觉。加德满都的街道大多很窄，无论什么机动车相遇，都有贴身擦过的感觉。我们乘坐的是一辆印度产的大交通车，很多地方无法通行。更让人惊奇的是，这个城市几乎看不到红绿灯，交通全靠汗流浃背的警察指挥。

参观老皇宫，是来尼泊尔的必备节目。这是一群有几百年历史、颇具特色的建筑。印度统治尼泊尔时代，每一个国王都要在这里建一座皇宫，逐渐形成了现在的皇宫建筑群。因为大车进不去，我们在一片杂乱的居民区中穿行了约半小时之后才见到了老皇宫。天上下着小雨，皇宫的屋檐下，密密麻麻挤满了席地而坐的市民。他们悠闲自得地聊天、欣赏街景，交流着他们高兴的心事。一群古老的建筑，让周围拥挤不堪、杂乱无章的建筑包围着。皇宫的建筑很特别，一律四方形，四方的屋顶。屋檐竟然围了一圈红绸带。最有价值的或许是皇宫的木柱、门窗的雕刻工艺，其构图独特、雕刻精致都令人惊叹，据说这些作品已被列入世界遗产名录。

加德满都的气候和博卡拉相似，说晴就晴，说雨就雨。我们在雨中看完了老皇宫，天已渐黑，便往街上购物。这里除了羊毛手工制品外，几乎没有什么可值得买的商品。尼泊尔贫穷，可物价水平不低，与国内的消费水平比差不了多少。可见老百姓的日子之艰难。但社会还算稳定，或许是宗教的力量帮了当局的忙。尼泊尔人非常纯朴，一个中国人找到一家肉铺买肉，每公斤两百多波比。中国人要求买一点五公斤。尼人说不好卖。要么一公斤，要么两公斤，从没有卖过一斤半的，结果生意没能做成。尼泊尔全国寺庙林立，佛像遍地，信徒虔诚。他们笃信今生的苦难是上帝的安排，今生的安分守己，会换来一个美好的来生。对于政治家，宗教是个好东西。它让人接受眼下的现实，把希望放在下辈子。

我们的下一站是印尼雅加达，昨晚酒店服务员从门缝里塞进来一张纸条，原来是酒店方面的通知。大意是明天加德满都还要举行大罢工，涉及所有行业和部门。交通运行全部瘫痪。除外国人，一律停止出行。外国人也只限在宾馆或机场活动，街上所有店铺关门。我们飞雅加达的航班是当地时间下午一点四十分。不能出门，也无所事事，只好在宾馆院内散步，等到十点之后再往机场。加德满都的国际机场比国内支线机场的设施好，但没有登机廊桥，所有客人都必须在通过安检之后，或步行，或摆渡车登机。整个候机楼用红砖砌起来的，我们戏称走进了一座砖瓦厂。所谓候机室，不过是用红砖砌起的一个通道，天花板上挂着一溜吊扇，这或许是世界机场绝无仅有的。候机楼简陋，但安检极为复杂。先后经过三个关卡搜身，男女旅客各一个通道。一番仔细的安检，我们逃跑似的过了海关，终于离开了这个寸步难行的国家。

2016年于庐山

奥斯维辛——人性耻辱的见证

我断定，无论什么季节，当你走进奥斯维辛，你都会感觉脊梁发冷，一股阴森的寒气堵在你的胸口；无论什么时候，只要你想起在奥斯维辛的见闻，你都会心跳加速，一种难以名状的血腥涌上心头；无论什么时候，只要你臆测一下当年奥斯维辛的"繁荣"，你都会因人性如此残暴而不寒而栗。

我原本只是从书上、影视作品中知道奥斯维辛的一鳞半爪。其中有一篇获得过美国普利策新闻奖的优秀新闻作品，名为《奥斯维辛没有什么新闻》，被誉为美国新闻写作的不朽名篇。是一个叫罗森塔尔的美国新闻记者访问奥斯维辛集中营博物馆之后采写的。作者着眼细节，以冷峻的视角，深沉地描述了奥斯维辛集中营纪念馆。在恐怖与快乐、战争与和平、历史与现实的反差中，唤起人们关于灾难的记忆、关于生命的思考、关于人性的思考。文中有这样一段议论："今天，奥斯维辛没有可供报道的新闻。记者只有一种非写不可的使命感，这种使命感来源于一种不安的心情：在访问这里之后，如果不说些什么或写些什么就离开，那就对不起在这里遇难的人们。"七十年过去了，当我实实在在站在这块人肉与骨灰搅拌过的土地上的时候，空气中的血腥味依然是那样浓烈，绝望的呻吟、皮鞭声和枪声依然在耳旁萦绕。我访问奥斯维辛已经过去三年，记者描述的那种"对不起"的惶恐，一直缠绕着我。无论如何，我要写点什么，以祭奠那些永不瞑目的亡灵。

奥斯维辛是波兰南部一座小镇，距华沙三百多公里。二战期间，纳粹德国建立了一千多座集中营，奥斯维辛是其中规模最大的一座，1940年开建，1945年1月被苏联红军解放。其间，有一百三十多万人在这里被杀害，其中百分之九十是犹太人。这座集中营最多时关押两万人，包括政治犯、战俘以及犹太人和吉卜赛平民。建有四个大规模杀人毒气池、储尸窖和焚尸炉，鼎盛时期，这里每天要屠杀六千余人，焚烧处理六千具尸体。奥斯维辛是一个十足的"杀人工厂"。1979年，联合国教科文组织将奥斯维辛集中营列为世界文化遗产。

2014年初夏，一个阴沉沉的上午，我从克拉科夫开车来到奥斯维辛。这是一片足有几千余亩的平坦开阔地，盖了几十栋两三层的营房。营房一律褐瓦，褐红色砖墙。两米多高的水泥柱子，间隔着排列成长长的围墙，上面横连着一根根电线，组成一道道不可逾越的电网，把一栋或若干栋营房隔离开来。建筑群中是纵横交错的公路和人行道，干涩的阴风中一排排白杨树无精打采地摇曳着。火车直通集中营的大门，当年，从各地运来的囚犯直接运抵集中营下车。这些囚犯来自德国、苏联、波兰等三十多个国家，有犹太人、吉普赛人、政治家、知识分子、抵抗组织成员、"反社会分子"、同性恋者，有老人、妇女、儿童。运送到这里的囚犯，经过初步筛选，身体好、有一技之长的送去劳动。大部分犹太人、妇女、儿童、老人等被认为是没有价值的，直接送去刑场或毒气室杀害。从火车站月台到毒气室中间还有一段路，这段路永远被排着队的囚犯占据着。道路两旁是青青草地，草地上栽着令人高兴的时令鲜花，广播声温和地劝告受害者：你们应该认真洗个澡，除去身上的虱子，洗澡消毒后才可以进集中营居住。这给每一个进入地狱之门的受害者以一种轻松愉快的感觉。走进浴室时还可以听到动听的音乐，一群文雅、漂亮的年轻姑娘组成的小乐队，穿着白衫和海军蓝裙子，在浴室前厅为欢迎"新人"演奏一些轻松的乐曲。在"淋浴"前每个人还会分到一个衣橱、毛巾。看守提醒大家记住自己的衣橱号码，洗浴时间等。在浴室变得拥挤、人们前胸贴着后背时，沉重的大铁门"咣当"一声关上了，看守在门外加上了锁和密封条。然后走向草坪中的"白蘑菇"，这是隐蔽在草地上的毒气室通风口，看守们从这通风口投放"齐克隆B"毒气。正当浴室里的人们抬头望着头顶上喷头的时刻，室内所有的灯熄灭了，人们情不自禁地发出惊叫，而离喷头最近的人开始倒下，争相涌向大门，人群中发出阵阵惨叫声，所有人的喉咙都像是被一只手卡住。十五分钟后灯亮了，刽子手从窥视孔里观察里面的情况。人间最为惨烈的一个场景出现在面前：刚才进去时一个个鲜活的生命，现在成了白花花的一堆肉。尸体木头般地一个贴着一个，所有面目狰狞可怕，浑身青紫，伤痕累累。窒息的痛苦和本能的相互撕扯使他们缠成一个扯不开的大肉坨。由于人群都想挤上唯一的通风口，尸体结成一个金字塔形的人堆。

　　毒气室的另一扇大铁门外，是五六台三层式巨型焚尸炉。在法西斯最疯狂的日子里，奥斯维辛的焚尸炉每天要处理六千具尸体。

　　死难者留在站台和衣橱里的遗物全部被拉到一个巨大的车间。车间有三条几十米长的流水线，旁边坐着上百名熟练犯人，像是在分拣邮件。第一个人负责用撬杠打开箱子，顺着推给第二个人，他负责分拣衣物，接着依次是专门分拣鞋子、眼镜、领带、珠宝的工序。法西斯在死难者身上获取的金银珠宝，被列为战略物资，集中营建起的炼金车间，将金银首饰、金牙化成金银锭。毛发织成袜子和地毯，文身皮肤制成人皮灯罩，脂肪制成肥皂。后来，苏联红军解放奥斯维辛时，发现人发制成的毛毯一万四千多条。

我在键盘上敲打上述这段文字的时候，手指不听使唤，不停地颤抖。人类文字记载史上，也许再也找不到奥斯维辛那样残忍、那样疯狂、那样灭绝人性的手段。我无法想象刽子手在充当杀人机器时是一种什么样的心境，是一种什么心情驱使他们像捻灭一只蚂蚁一样毁灭自己的同类。但毫无疑问，奥斯维辛的残暴，展示了人性中最丑恶、最原始、最变态的部分。

这样的丑行不是在茹毛饮血的远古时代，而恰恰是人类进入工业文明之后。人们不仅要问：族群、利益之争难道必须通过血腥杀戮来了断？必须以肉体消灭为代价？类似奥斯维辛的丑行，在南京找到了翻版。日本法西斯甚至在南京举行杀人比赛，无论男女老幼，还是襁褓中的婴儿、孕妇腹中的孩子，都无一幸免。几天时间，三十多万鲜活的生命被刽子手掐灭了。还有臭名昭著的日军731部队，以人体做研制化学武器实验。

奥斯维辛的丑恶，南京大屠杀的残暴，731部队的兽性，是纳粹德国的耻辱，是日本民族的耻辱！是人类的耻辱，是人性的耻辱！

当然，我们也欣喜地看到，1992年，西德总理勃兰特到华沙访问时，双膝跪在犹太人殉难者纪念碑前；1995年，德国总理柯尔到访以色列，也是双膝跪在犹太人遇难者纪念碑前。德国人在二战结束至今，一直设法弥补战争所做的错事，包括修建犹太人历史博物馆，展示德国纳粹迫害和屠杀犹太人的历史。应当说，德意志民族是一个有担当、敢负责的民族。

据维基百科统计，到2009年，全球一百九十七个国家，已有一百三十九个国家实质上废除了死刑，九十四个国家完全废除了死刑；不少革命政党在自己的党纲上，放弃了武装斗争、暴力革命的主张。这说明了人类的进步与文明，说明了那种以杀戮为手段、以剥夺生命为目标的野蛮政治的市场在萎缩。

但令人遗憾的是，同样在二战中犯下滔天罪行的日本，至今不承认自己这段不光彩的历史，至今不向受害国赔礼道歉，他们至今把二战中的杀人狂魔当作英雄供奉在靖国神社，为这类灭绝人性的刽子手扬幡招魂。难怪，尽管人类进入21世纪，社会进步与文明已经登上一个新的高峰，但类似南京大屠杀、奥斯维辛集中营的悲剧仍不断发生。两伊战争、轰炸科索沃、纽约世贸中心的倒塌、叙利亚战火、校园枪声、恐怖袭击、自杀式爆炸、地铁投毒、公交放火、飞机被劫等等。人类这是怎么啦？一边是旷古未有的现代文明，一边是人性丑恶的返祖！

我毛骨悚然地离开了奥斯维辛，又忐忑不安地注视着面前虽然宽阔但又弯曲的归途。

我想，奥斯维辛的遇难者，一定会期待着现代人领悟一些什么！

2016年于庐山

北欧掠影

一、近乎变态的女主管和近乎毒品利润的品牌

因为服装出口的原因，我们在进入北欧之前，路过意大利，专门拜访一家老客户。那是一家是叫艾迪亚的家族企业，同我们合作了十多年的服装业务。艾迪亚是在欧洲有些名气的品牌，特别是他们的"可可"牌童装，滑雪系列，在欧洲市场有很高的占有率。艾迪亚选择在东南亚加工，在欧洲销售。我们几家服装企业承接了他们几款童装，贴牌生产。

公司的业务主管G女士接待了我们。这是一个中年女人，除了蓝眼睛和高鼻梁外，看不出与亚洲人有什么区别。给人印象最深的是她满脸的褐斑，遍布在脸上、脖子上。就像一只快要霉变的香蕉。面相告诉我们，这不是个善茬。果然，见面之后，G女士把夹在腋下的笔记本摊开在会谈桌上，上面密密麻麻记录了中国企业质量上的瑕疵，一副要给我们算总账的架势。待我们坐定之后，G女士开始差不多是泪声俱下地控诉我们产品的质量问题：诸如同一件衣服的面料有色差，前襟比后襟短了一厘米，白色面料上能清晰地看到工人有油垢的手印子，缝制走线不直等等。说实在的，坐在G女士对面，听着她的诉说，还真有些坐不住。我顺手拿起G女士作为物证摆在桌面上的几件童装，对照刚才她指出的问题，认真看了一

遍。说实在的，凭我们肉眼，那一大堆质量问题根本看不出来，我有些不服气。同行看出我的不屑，拉了拉我的衣角。在会谈中途休息的时候，我方代表告诉我，G女士是个单身女人，已经四十六岁，去年从一家美国服装公司跳槽加入艾迪亚的，或许是身上荷尔蒙异常，或许是刚加入艾迪亚需要给上司好的表现，总之，她擅长鸡蛋里面挑骨头，她的较真和挑剔在艾迪亚公司没有第二。

与G小姐谈了近两个小时后，已经是中午十二点，我们和公司的高管一起吃工作餐。然后我们参观了公司的设计、打样、款式陈列、原料仓储等。让我敬佩的是公司的新产品设计研发能力，从事新产品设计研发的人员在公司本部不下于百分之七十，公司源源不断推出新产品，发送到各贴牌生产企业，拿出样品后，再向加工企业下达订单。看了一下公司陈列的品牌新款，一件婴儿上衣，标价七十二欧元，原料和加工综合成本不超过两欧元。我有些震惊：这是仅次于毒品的利润！

也许这就是品牌，这就是各类企业孜孜不倦、不惜代价追求的品牌。正是众多G小姐这样近于变态的管理者的挑剔，品牌才不断成长起来的。我问G小姐，品牌的价值在商品的价值中是否要占到百分之九十以上的份额？她笑而不答。显然她默认我的判断。

什么是品牌，我得出一个结论：品牌就是对消费者的绑票。品牌以严于常态的管理、千锤百炼的培育，营造出对消费者的忠诚，实现了对消费者的绑架。完成这个过程之后，价格、金钱已经超然商品之外了。

下午五点之后，公司安排一个叫马可的小伙子开车领着我们在小镇上转。说是小镇，其实不小，十几万人口，没什么高楼大厦，但它和意大利这个国家一样，处处凝结着欧洲古老文化的底蕴。15世纪的城堡、16世纪的教堂、13世纪的石砌街道，意大利人对历史的尊重无与伦比。说实在的，这样的建筑在中国，也许早就换了十次面孔，早就灰飞烟灭了。因为镇长换了，规划自然要换，建筑更要换。要不哪来的新变化、新起色、新政绩？

二、危如累卵的威尼斯

艾迪斯的会谈结束，已经是下午五点。公司安排我们往威尼斯市，参观威尼斯水城，一个多小时的车程就到了。第一次来水城好像是十年前，这儿没有任何变化。我们把汽车停在一处大型停车场，停车的人很多，排队进入，必须有一辆车出门才放一辆进入，因为车位已经全满。

经过车库不远处一座桥梁，步行进入水城，沿着火车站往前，一个小时后到达威尼斯水城的中心——马可波罗广场。沿途的建筑，在我们看来全是危房。毕竟都是17、18世纪的建筑，风雨剥蚀，特别是海风酸雨，这些水上建筑已经老态龙钟，裸露的砖墙坑坑洼洼，不少地方都用打桩拉纤的办法来挽救即将倾覆的命运。行走在威尼斯水城狭窄的小巷和拱桥上，时刻有一种危房倒塌或意外发生的担心。整个水城就是一件灰头土脸的出土文物。人类生存环境的变化，地球温度升高，北极冰山融化，海平面提升，加上自身的腐朽和苍老，我担心总有一天的早上，威尼斯会突然离我们而去。

也许有这种担心的不仅仅是我，马可波罗广场几乎所有建筑都搭上了脚手架，罩上安全防护网。一个浩大的维修抢救工程在威尼斯水城展开，临海的建筑已经焕然一新了，暮色中，海风渐渐大起来，我们离船上岸，回到了威尼斯的街道。

我想，抢救威尼斯，不能仅靠威尼斯政府、威尼斯居民，还要有意大利、全世界、全人类的共识。人类大量地消耗能源，无节制地排放二氧化碳，冰川融化和海平面升高不可逆转，无论如何抢救威尼斯，它都难逃沉海的命运。

三、一瞬间的美丽源自一个世纪的努力

这是我六年前看到的一个场景，令我至今难忘。

苏黎世湖边，太阳西沉，金色的余晖倾泻在湖面上。湖水清澈，平静如镜，苏黎世城郭倒影在湖中，特别是矗立在湖边的双塔大教堂（又称苏黎世大教堂），在水中的映像清晰分明。这时，从湖边绿茵茵的草坪上，缓缓地走来一个少妇，淡蓝色花瓣白底连衣裙，白皙的皮肤，一张典型欧洲少妇的脸。她手牵着一个五六岁的男孩。男孩一蹦一跳地走向湖边，嘴里还在哼着小调。

我坐在湖边的石凳上，注视着这对母子，他们朝湖边走过去。孩子和母亲在湖岸的石板上坐下，孩子展开手中的包裹，把食物撒向水中。一群红尾鱼迅速集聚，朝水中的食物围过来，不时有鱼蹦出水面。有了鱼群的行动，水面上的野鸭、天鹅也围过来，它们在水中划动的双脚那么清晰。贴着水面飞翔的水鸟，也绕着母子嬉戏。看着孩子应接不暇的喂食，母亲笑笑，接过孩子手中的面包，一块块地掰碎，或撒向水面，或抛向空中，于是，水中的鱼，水面上的鹅、鸭，盘旋空中的水鸟，一齐奔向母子俩面前。人、鸟、鱼、鹅、鸭一齐欢呼雀跃，母子俩脸上荡漾着幸福的笑容，与水中倒映的苏黎世城连成一片。

鱼和动物围观越来越多，母子手中的食物抛撒殆尽，依依不舍地起身离去。

这是一幅人、城、水、鱼、鸟、禽和谐图。它们呈现在我面前只是一刹那，但能够形成这幅图画却是一个国家一个世纪的努力。这幅图画用文

字表达也许看不出色彩,用画笔描绘一定妙不可言。人与自然界的关系,少妇和孩子流露的生活态度、生活方式,写在脸上与内心世界的气质精神,代表着一个国家的发展、文明水准。

这个场景,兴许是瑞士人生活的缩影。

瑞士是全球最富裕、经济最发达、生活水准最高的国家,七百多万人口,四万多平方公里国土面积。2015年人均国民生产总值达8.27万美元。瑞士实行高收入、高福利政策。如果没有工作,国家为你交足所有的社保医保后,每月还给你近两千瑞士法郎,作为零花钱。2016年,瑞士入选联合国评选的"全球十大最幸福的国家",位居第二。

瑞士资源贫乏,但工业和服务业极为发达。精密仪器制造、重型机械、医药产品、银行和旅游业在全世界都是有名的。在苏黎世著名的商业街上,UBS几个大字非常醒目,这是一栋很普通的大楼。作为世界著名的银行,在商界如雷贯耳。瑞士银行是一个银行集团。据说金融街地下贯通,全部是银行的地下金库。金融街地面的商铺,销售的都是世界顶尖的奢侈品,手表、手包、服装等。这些奢侈品,一般只有底价,没有顶价。我们看了一款意大利皮上衣,标价九千瑞士法郎,一只很普通的爱马仕女式手包,少则五万、八万,多则十几万。

瑞士银行之所以如此吸引世界上的存款,据说主要原因是为储户保密(2014年5月宣布收起2.2万亿私人账户保护伞),二是瑞士汇率的超稳定性,不至于造成储户的资产贬值。第三,凡在这里发生业务的客户之间转账不需支付手续费。它的客户都是世界顶尖的阔佬,一般的人想到这里存款,没门!门槛是五百万美金以上。

瑞士为什么富得流油,内行外行各有说法,莫衷一是。

实际上,瑞士自己的历史不过一百多年,从罗马帝国到日耳曼人统治，瑞士都不是一个完整意义的国家。1648年开始，瑞士逐渐形成一个独立国家。虽然只有几百万人口，却实行联邦制，各州有自己的宪法。根据联邦宪法，瑞士实行"公民表决"和"公民倡议"式的直接民主。凡修改宪法条款、签订期限十五年以上的国际条约或加入重要国际组织，都必须经过公民表决并由各州通过方能生效。公民对重大国事与地方事宜拥有表决、创制与否决权，可以投票抵制政府的一些政策，十万名瑞士国籍公民就可以修改宪法，也可以修改国家外交政策。

总之，公民对国家政治、经济、文化、社会发展甚至外交政策，有相当大的话语权。我不知道瑞士的发达、文明是否与国家的民主管理有关。瑞士人自己说："瑞士之所以成为瑞士，是因为有些德意志人不愿意做德国人；有些法兰西人不愿意做法国人；有些意大利人不愿意做意大利人。"

所以，我瞬间遇见的苏黎世湖边的人文风情画，不是画家一笔就能成的，也不是摄影师镜头能覆盖的，而是一个国家、几代人、用了一个多世纪努力成就的盖世经典。

四、哥德堡市与哥德堡号

从哥本哈根出发，开车往北五十公里，到达波罗的海通往北海的一个海峡，坐滚装船渡海，半小时即到达瑞典境内的哥德堡市。滚装船很大很豪华，一层停车，简直就是一个硕大的陆地停车场。二层、三层是超市、酒吧和餐厅，整个滚装船就是一个小城市。也许是天气太冷，游人和渡海船的车辆不多，而且两岸对开，二十分钟一班。所以，船上非常宽松。

过海峡再两百多公里的高速路，就到了瑞典港口城市哥德堡。这是瑞典第二大城市，九十多万人口，占瑞典人口百分之十。哥德堡地位于波罗的海海峡，海峡不过一公里宽。它地处哥本哈根、奥斯陆、斯德哥尔摩三个北欧国家首都的中间。哥德堡港口常年不冻，成为瑞典和西欧通航的主要港埠。四百年前，哥德堡在海峡两岸建起了城市。至今，哥德堡在瑞典举足轻重。瑞典著名的汽车公司沃尔沃总部设在这里，中国人很熟悉的宜家家居总部也在这里。哥德堡也是瑞典的重要工业城市，船舶运输业是支柱产业之一。

18世纪，中国正处于康乾盛世，精美的丝绸、瓷器和茶叶吸引着无数欧洲人的目光。1731年，瑞典王室特许瑞典东印度公司承担与中国的全部贸易。东印度公司船队曾132次远航广州，一艘商船往来的贸易额，相当于当时瑞典一年的国民生产总值。1738年，东印度公司建造了最大的商船哥德堡号，两次远航中国，带回了大量中国货物。不幸的是，1745年9月，哥德堡号第三次满载而归，在靠近哥德堡港仅九百米的地方触礁沉没。1984年，哥德堡号在沉没两百多年之后被航海者发现。一场大规模的打捞开始了，大量的瓷器、茶叶、香料、丝绸重见天日。由于包装精良，时隔两百多年的茶叶仍散发着清香。鉴于哥德堡号为海上丝绸之路所做的贡献，新东印度公司决定按照哥德堡号原貌，再建造一艘哥德堡号仿古船。2005年10月，哥德堡仿古船开启了中国之旅。在瑞典与中国丝绸之路三百周年纪念日，到达广州。一时两国商界、航运界轰动。我们来到了哥德堡号边，它静静地停泊在海峡岸边。船身线条流畅，色泽暗黄，建造精致，古香古色，高耸的桅杆和飘扬的船帆，让我们体会它劈风斩浪、扬帆远航的英姿。看起来，克隆哥德堡的作用远不只仅有的一次纪念性的航海。实际上，瑞典中国之间的友谊源远流长。

查阅哥德堡号与中国贸易的有关记载，有一句话让我很感动：哥德堡号向中国运送了大量的欧洲货物，但从未向中国运送过鸦片！

瑞典商人是一批有职业道德的商人，他们是真心发展中瑞两国关系的友好使者！

五、"愤怒的小孩"失而复得

挪威有与瑞典同等的国土面积，人口却不足四百万，比瑞典少一半。因为有充足的石油天然气资源，上世纪60年代开始，挪威财富突然膨胀起来，成为北欧最富裕的国家之一。除石油天然气外，海运、重工机械、林木出口等也是挪威的支柱产业。

奥斯陆是挪威的首都，地处北海的出口奥斯陆海湾底部。城市沿海湾呈圆形向四周辐射，是一座没有高楼的平面城市，五十多万人口，四百多年历史。挪威于1919年独立，并开始修建国会大厦、市政广场。

值得一提的是挪威的国会大厦，这是每年一次诺贝尔和平奖的评选颁奖地。每年诺贝尔和平奖获得者都要来这里登台领奖。我们进到大厦的中央大厅、议会会议厅参观。偌大的中央大厅，空无一人，无一桌一椅，只有主席台上方和四壁的大型绘画依然绚烂夺目。进入大厅的过堂有几千平方米，整齐地排着有衣钩的木架，专门用于会议人员晾挂衣帽。从这个阵势看，这里一旦开会将是何等盛况空前，人头攒动。挪威的冬日，日短夜长。四点半不到，天就黑了。城里各式灯光亮了起来。从下午开始飘起了白雪，越来越密，雪片越来越大。屋外大有严冬的寒冷。

趁着朦胧的夜，我们参观了奥斯陆著名景点——雕塑园。这是一个占地四平方公里的城市中心地带。里面矗立着挪威艺术家威朗捷的六百多件裸体塑像。威朗捷是挪威土生土长的艺术家，同戏曲家易卜生齐名。上世纪20年代，威朗捷开始以雕塑裸体人体出名。雕塑园六百多件雕塑作品，是威朗捷四五十年代创作的。整个雕塑园从进门开始，分为四个层次展开。第一部分叫"生命之桥"，主要展示人的婴幼儿时代，各种姿态的儿童在父母的爱抚中成长。第二部分叫"生命之树"，表现的是青年时代的人，健康、青春、力量。雕塑反映各种男欢女爱的造型。第三部分是"生命之柱"，反映人类在生命成熟期各中际遇、痛苦和欢乐。第四部分是"生命之环"，四个人体塑像组成一个圆圈，是这个部分的主题雕塑。说明生命的周而复始，生生不息。"生命之桥"中有一个"愤怒的小孩"塑像，天真、愤怒、可笑。据说背后有一则故事：由于雕塑栩栩如生，"愤怒的小孩"曾被窃贼盗走。窃贼深知这件塑像对于雕塑园的重要性，于是给市政府寄来勒索信，索要一笔不菲的赎金，否则将毁了塑像。市政府考虑，如果听任窃贼的勒索，就会给别的窃贼做出示范，今后此类勒索案件就会接二连三地出现。所以，置之不理。窃贼无奈，因为"愤怒的小孩"名声显赫，既找不到买主，又无法收藏，只好遗弃在垃圾站。最后物归原主，重安装在原位上供游人参观。

奥斯陆因气候原因，成为冬奥会的绝佳场所。这里曾举行过一届冬奥会。有一处极佳的滑雪场。我们冒着飞雪，登高到滑雪宾馆，奥斯陆一览无余。夜间的奥斯陆，如同有人在海湾边上撒了一把星星一样美丽。

六、诺贝尔奖殿堂上空的浮云

十一月初的夜晚，奥斯陆大雪飞扬，这是我今年见到的第一场大雪，非常难得，颇有新鲜感。车窗外白皑皑的飞雪，把山川、河流、村庄盖得严严实实，好在公路上没有积雪，我们乘车赶往火车站，乘火车往瑞典首都斯德哥尔摩。

斯德哥尔摩最有看点的是市政厅。其意义不在建筑本身，而在每年十二月在这里举行的诺贝尔奖颁奖晚宴。瑞典的知名，很大程度在于诺贝尔奖。诺贝尔生于1833年，六十三岁辞世，终身未婚。野史传说，他有一个苦恋的女友，后来弃他而去，嫁给了一位著名的数学家。因此，诺贝尔当年只设化学、物理学、生理学或医学、文学、和平等五个奖项，而没有设数学奖。每年的诺贝尔奖颁奖放在斯德哥尔摩一座歌剧院，之后在这座市政厅举行晚宴，瑞典国王和王室成员，同获奖者及家属、助手一同出席。每个获奖者可带十五个助手。在市政厅蓝色大厅安排一千五百名嘉宾出席晚宴，由二百五十名大学生志愿者同时将饭菜送到每一个客人面前。

诺贝尔化学、物理学、生理学或医学、文学、和平五大奖项设立距今一百多年，遵循"最重要的发现或发明，最重要的化学发现或改进，最重要的发现、理想主义倾向之最杰出的作品，为促进各国友谊、废除或裁减军备、举行和平会议做出最多或最好的工作"的原则评奖。对于促进人类文明进步作用是巨大的、不可估量的。一百多年来，世界上多少科学巨匠、文学泰斗、政治精英，耗尽毕生精力，却与诺贝尔奖擦肩而过，失之交臂。能够摘取诺贝尔奖章的只是凤毛麟角。多少人为之奋斗、为之疯狂、为之鞠躬尽瘁而遗憾终身。对于诺贝尔奖，我曾经顶礼膜拜、敬若神明。而今，它的神圣在我心里大打折扣。

首先，我觉得诺贝尔先生在设立奖项的时候就掺杂了强烈的感情色彩。如果不是自己苦恋的女友嫁给了数学家，会把数学排斥在奖项之外吗？

其次是诺贝尔奖的评奖过程和产生办法。据说一百多年来的诺贝尔奖项评选，都是由瑞典皇家科学院、卡罗林医学院等机构操作的，其执行人从未公布过评选的细则、标准，而且提名人、评委评价、投票等都是保密的。这同世界认同的公开透明的民主原则大相径庭。人们完全有理由质疑获奖者的资格,完全有理由质疑评选结果的公正、公平和权威性。

第三,以上理由如果成立,那么可以说,诺贝尔奖从设立到评选都掺杂着西方的价值观。西方的价值观就是人类共同的行为准则吗?

或许正因如此,长期以来,诺贝尔奖评选结果饱受争议和诟病。以非暴力不合作促使印度独立的甘地,一生多次获得诺贝尔和平奖提名却未能获奖,而美国总统奥巴马履职才九个月却获得诺贝尔和平奖,而他的军队在世界各地开枪放炮,这是他为世界和平做过的贡献?更为奇葩的是,1989年,诺贝尔将和平奖授予从事分裂中国活动的达赖喇嘛。这足以让诺贝尔蒙羞! 让诺贝尔奖蒙羞!

我有理由说:诺贝尔奖,你这是怎么啦?

我由此想到很多世界性评奖活动和中国获奖者的作品,我们吃惊地发现一个规律:越是"揭露中华民族劣根性"的作品,似乎越能在世界各种评奖舞台上获奖。

有自信、有良知、有担当的国民,应该在诺贝尔奖面前,在世界这奖那奖面前,淡定面对,泰然处之。脚踏实地做好自己的事,比什么都重要!

2016年夏于庐山

感时家国情怀

HUAERJIE
ZAI
WEIXIU

牯岭盛开凤仙花

庐山的植物三千余种，牯岭凤仙不过是其中一草。

庐山的花卉四季竞开，牯岭凤仙花仅花团锦簇中的一族。

牯岭凤仙花，没有牡丹国色天姿，不如芙蓉雍容华贵，难得蜡梅清高孤傲，不似莲"出淤泥而不染"的洒脱。

然而，我要为它的繁荣茂盛而祝福。

对于牯岭凤仙花，我曾因无知而熟视无睹，而今之所以肃然起敬，纯属偶然。一次考察国内某著名景区，导游引我们攀岩，去看一种稀有植物。"它叫龙虾花，其色橙黄，其形似虾，故而得名"。待找到这片龙虾花后，果然令人称奇。这花，草本，茎高不过一米，细细的叶片，毛茸茸的叶面，密密的枝节。奇就奇在这花的造型，竟活脱脱像一只挂在叶片下的龙虾。橙黄的颜色，淡淡的清香，花呈筒状，粗的一端极像虾头，里头飘出两根褐色花蕊，酷似虾的两只眼睛，花身一缕缕紫色线条分布均匀。另一端呈90度弯曲，状如虾尾。龙虾花若隐若现在叶片下，几分拘谨，几分羞涩。在我们惊奇之际，导游无不自豪地补充道："这在国内其他风景区是绝无仅有的。"

也许是这话深深刺激了我。回到庐山的日子里，我曾多次在崇山峻岭中寻找龙虾花的踪迹，在图书馆翻阅龙虾花的记载，在林间曲径上寻觅龙虾花的清香。后经高人指点，终于发现了它的群落。牯岭的沟边道旁、谷底岩下，龙虾花成片繁衍，生长茂盛，清香四溢。更使我惊奇和振奋的是，散落祖国地域上的龙虾花的血脉，皆源于庐山，源于庐山牯岭。

龙虾花本名牯岭凤仙花（Impatiens davidi Franch），是最早在庐山发现并以牯岭命名的四十多种植物之一。

啊，牯岭凤仙花，我们原本同宗同脉，而今竟形同路人。我自责自己的浅薄无知，如同找回了失散多年的亲戚一样百感交集，越发感到牯岭凤仙花的可亲可爱，越发想探究牯岭凤仙花失散和回归的缘由。

原来，牯岭凤仙花分布在江南少数省份，适宜于海拔千米以上的高山，喜阴湿环境，爱高水分空气。其茎、根、花、籽均可入药，消炎活血，祛风止痛。尤其值得注意的是牯岭凤仙花对大气环境质量要求极高。闻不惯汽车的"叹息"，受不了煤烟的熏陶，看不惯市井的嘈杂，浴不得天空酸雨。

它很土，像中世纪出土文物一样，同工业文明似乎格格不入。

它很娇，又随现代文明的环境应运而生。市井喧嚣，机车尾气，土壤沙化，旱魔舞爪，洪峰迭起，烟尘飞洒……牯岭凤仙花必然退避三舍。翻开庐山林场封存的本世纪初的照片，那些黄渍斑斑的图像，是我们看到的牯岭：裸露的岩石，寸草不生的山地，山谷中扬撒的沙砾……自然见不到牯岭凤仙花的伫立。经过新中国尤其是改革开放后的耕耘和治理，庐山森林覆盖率达76%，年降雨量在1900毫米以上，漫山碧绿，草长莺飞，花开四季，空气甜润，庐山不仅自然景观赏心悦目，且环境质量有益于人类健康长寿，于是乎，牯岭凤仙花生机勃勃也就势在必然。

牯岭凤仙花的枯荣，昭示着人类文明的烙印。它的勃发，足以证明人类与环境在新一个层次上的默契，足以证明人类对自然的认识再度升华。

　　我为牯岭凤仙花一族的繁荣而欣喜、自豪，同时也如芒在背，不敢有丝毫懈怠。

　　发展经济，保护环境始终是我们的双重责任。在未来现代化的大厦四周，定将创造更加宜于牯岭凤仙花生长的氛围和环境。牯岭凤仙花将更加枝繁叶茂，生机勃勃。

　　我为牯岭凤仙花深深地祝福！

2000年10月

匡庐揽秀

庐山，地处赣北，海拔一千四百七十四米，面积二百八十多平方公里。临江面湖，平地突起，地质学称之为"地垒式断块山"。在诗人白居易眼里："匡庐奇秀甲天下"。一个"秀"字为庐山之美画龙点睛。

庐山之秀，秀在形。背奔腾不息之长江，面烟波浩渺之鄱湖。既无延绵不绝之山脉，又无耸立万仞之伟岸，而是亭亭玉立于江湖之间。它群峰竞秀，树木葱茏，瀑布流泉，怪石嶙峋，三百多处景观景点，四季景色不同。由于临江面湖的原因，气流遇山地抬高而温度降低，利于水汽凝结。春游庐山，常常因为云雾缭绕，使人辨不清是凡间还是仙境。大雾飘来，如絮如缕，缠身绕膝。雾开日出，群山竞秀，目不暇接。夏日庐山，满山披绿，枝繁叶茂，山花点缀。逃离都市喧嚣，置身其间，则使人大有融入自然、超凡脱俗、宠辱皆忘之感。庐山有完备的生态系统和丰富的植物资源，三千多种植物，森林覆盖率达76%。夏季气候凉爽，暑期极端高温不超过30摄氏度，平均气温22摄氏度，是避暑消夏的理想去处。秋的庐山，流光溢彩，漫山枫叶，层林尽染，别具神韵。秋去冬来，庐山常常冰天雪地，银装素裹，一派北国景象。枝头屋檐，冰凌高悬，造型别致，好一个冰雕玉琢天然盆景。

庐山广泛遗存第四纪冰川活动遗迹，巨型怪石，或高悬崖顶，或横沉沟壑，乃鬼斧神工，天工造化，形成急流与瀑布二十多处。著名的三叠泉瀑布落差一百五十多米，分三段从天而降，气势磅礴，仪态万方。

庐山之秀，秀在文。太史公曰："予南登庐山，观禹疏九江。"庐山见诸《史记》以来，有两千多年的历史。人类在庐山创造了灿烂的文化遗迹，二十多处远古文化遗址，六百多处中古文化遗址。历史上有一千五百多位文学家、史学家、艺术家、政治家、科学家在庐山活动，他们留下了四千多首（部）赞美庐山的诗词歌赋及大量的文学专著。人类在庐山几千年的活动遗迹形成了特殊的庐山文化现象。这些历史文化同庐山优美的自然风光和谐统一，渗透融合，同中国社会发展进程浑然一体，一脉相承。联合国教科文组织世界遗产委员会在批准庐山为世界文化景观、列入《世界遗产名录》时慷慨地写下了这样的评语："庐山的历史遗迹，以其独特的方式融汇在具有突出价值的自然美之中，形成了具有极高美学价值的同中华民族精神和文化生活紧密相连的文化景观。"可以说，景为庐山貌，文为庐山魂。文景相映，水乳交融，使庐山在一个更高的层次上展示了它的价值和魅力。

东晋时，高僧慧远在东林寺首创称名念佛净土法门，名噪一时。至唐代鉴真大师来东林寺修行，把净土学说传播东瀛，至今净土宗在日本影响深远。公元3世纪到13世纪一千多年的历史长河中，庐山宗教兴盛，寺庙林立，多达五百多处。到本世纪初，庐山有二十多个国家、两千四百多名传教士云集庐山，传教布道。1924年世界佛教大会在庐山举行。佛、道、基督、天主、伊斯兰五大教派都在庐山有寺庙教堂。如此"五教"同山，极为罕见。

我国最早的高等学府——白鹿洞书院建于公元940年，比世界上第一所大学——意大利波伦亚大学还早一百四十八年，那时法国的巴黎大学，英国的剑桥、牛津大学还无影无踪，美国人还不知在哪片海域中漂流。白鹿洞书院经朱熹重建扩充，弘扬理学，在中国历史上产生过长期的影响，尤其是白鹿洞的教规是影响中国教育七百多年的重要典籍。

鸦片战争以后，英国人闯进了中国，也爬上了庐山。英人李德立在庐山"租"地划界，倒卖地皮，兴建别墅，五十多年间，世界二十多个国家在庐山兴建各式别墅近千余栋，使庐山成为一个世界别墅建筑博物馆。一座建筑就是一首诗，一曲凝固的音乐，是一个民族文化水准、审美观念、生活情趣和欣赏水平的反映，几十个国家的别墅群落，构成了庐山一种特殊的文化现象。

从1927年开始，蒋介石曾多次上庐山，在山上主持过十几次有关内政、外交、军事的重要会议，进行了大量的军事政治活动。1948年农历腊月二十九日，在新桃换旧符的气氛中，蒋介石无可奈何地退出庐山，漂泊孤岛。新中国成立后，中共中央曾三次在庐山召开重要会议，对中国近代政治社会生活产生过巨大影响。

庐山之秀，还在情。无论是到过庐山的人，还是生于斯、长于斯的庐山人，他们都深深地爱着这座山、护着这座山，同这山结下了不解之缘，不了之情。他们接过历史老人的如椽之笔，不断描绘庐山的新貌。他们寻踪庐山的文化遗迹，徜徉在中国几千年文明史的长河中，汲取营养，正衣冠，知兴衰，创造生活，延续历史，谱写新篇。庐山人开放、创造，始终不渝；勤劳、敬业，一以贯之。建国后，特别是十一届三中全会以来，庐山的各项事业发展很快，1982年被国务院批准为首批国家级风景名胜区；1991年入选全国旅游四十佳；1993年、1995年被建设部、卫生部批准为全国卫生山、安全山；1996年被联合国批准为世界文化景观，列入《世界遗产名录》；1997年先后被文化部、建设部评为全国文化先进区，全国文明风景名胜区。庐山的这些成果，是山民与游人、住户与过客共同创造的，庐山人按照文明、修身、诚实、守信的格言，在十五大精神鼓舞下，迈向新世纪，为铸造庐山魂，再添新秀色，奋斗不已。

1997年

我之爱梅

啊！是蜡梅。

院内花坛中央的那株蜡梅，亭亭玉立，在茫然飘舞的雪花中伸展着茁壮的枝条。枝头的花朵，色泽淡黄，瓣若绢纱。

蜡梅，没有牡丹的国色天资，不具芙蓉的华贵娇美。但千百年来，多少文人骚客，多少壮士豪杰，为她讴歌，为她惋惜。

我爱梅。

我爱梅的高洁自守精神。她不恋明媚春光，不随潮流世俗。在万花凋谢的时候，她独立于花坛。

我爱梅的坚忍不拔。她不畏料峭的严寒，不怕冰霜的淫威。

我爱梅内在的蓬勃朝气，她没有华丽的外表，不要绿叶的衬陪。

我爱梅，也许是胸腔里还流动着梅的血液，也许是梅的清香滋润过我的心肺。

我的父亲在当长工的岁月里，曾学会了栽梅、育梅。新中国成立后，他在我们茅屋前后，栽上了许许多多的梅。每逢秋去冬临，大雪纷飞的日子，小茅屋的里里外外，萦绕飘溢着梅的香气。这时的父亲戴着一顶没有棱角的东北帽，腰间系一根带子，两颊和鼻尖上冻得通红，领我们往来于屋前房后，梅树之间，向我们介绍梅的分株、嫁接方法和性格特征。他说：

"作为长寿树种，蜡梅寿命可达五百年以上。作为盆花、桩景和瓶插，别具风格……"乡亲们纷纷踏雪而来，都想亲眼一睹梅的芳姿，染一身梅的香气。那个浑浑噩噩的年代开始后，有人从梅香嗅出了资产阶级的情调，并以父亲曾出售过梅的盆景为由，让他在风如刀、冰如剑的隆冬，身穿单衣，头戴高帽，身背一株带泥土的蜡梅周游乡里，"消毒请罪"。记得那天父亲回家后，跪倒在一堆被"革命派"挖倒、砍断的梅树前，泣问苍天："爱梅何罪？"没有问出结果，就饮恨离世。

噩梦已逝，浩劫终止。在建设高度物质和精神文明的今天，我们应充分尊重人民爱的权利。

我深深地爱着梅。

1980年

路

不知从什么时候起，一种孤独寂寞的感觉开始缠绕着我。

这是一个难得的星期天，妻子儿女们都出门了，屋里空荡荡的，冷静得出奇。我刚从忙碌的烦恼中解脱，又坠入了孤独的深渊，百无聊赖。我斜倚着大门，看着春天的太阳，它阴沉着脸，在厚厚的云层里艰难地蠕动，似乎也很孤单寂寞。门前这条路的一端，笔直通往县政府办公楼的大路。路上，匆匆的脚步，熙攘的行人。我渴望有踏上通往我家大门这段路的脚步，但始终没有出现。

于是，我开始琢磨这段路。

它不长，总共才二十几米。不直，从我屋门往前延伸，再拐一个弯，穿过县政府的围墙，绕着通往办公楼的那条大路。

它幽静、典雅，不宽不窄。鹅卵石铺成的菱形的图案，显得秀气、大方。护着这图案的是规格的长条花岗石。一场春雨过后，路面一尘不染，整洁，干净。路两旁修剪过的冬青，整整齐齐，青翠欲滴。这使我联想起它的过去。十一年前，我毕业分配到这山区小县的政府办公室工作，接待我的事务秘书像往纸篓里扔废纸似的安顿了我。好不容易，我从那一幢高楼后面找到了已被人们遗弃的小屋，它栖身于没膝的荒草之中。我踏倒杂草，留下了歪歪斜斜的脚印，便成了这段路的雏形。收拾好房子，我做的第一件事是劈草开荒,捡掉那些横七竖八躺在草丛中的啤酒瓶子、罐头盖子、塑料鞋底、烂拖把棍棒,拓出一条路来。幸有老表、朋友们的光临,为我踩实了路基,捎来了春的信息。在这个小屋里,我们纵论古今,横谈中外,嬉笑怒骂,慷慨激昂,别有一番情趣。

村里的老伯、大叔来县城办事,少不了来这里坐坐。唠叨市井行情,村里的变化,生意人的刁钻,生资价格的上涨,化肥的紧俏……我的小屋,飘溢着田野的泥土气息。

那些脚穿翻毛皮鞋、披着油渍工作服的伙计们,每每提着用加班费买来的酒菜,和我一起品尝“按劳计酬”的美味。酒足饭饱之后,甩一阵老K,杀一盘象棋,周身的疲劳也便烟消云散。屋前这段路从此热闹起来,杂沓的脚步不断,欢声笑语不断。

它的变化,是我担任了县委的领导职务之后。事务秘书有一天找到我:“找你谈工作的多,那段泥巴路不好,我们准备修修,铺些石头拐个弯,直通机关院内……”

从此,原本热闹了一阵的路,杂沓的脚步少了……

我凝视着前面的路出神,眼前出现了幻觉:那卵石铺成的路,成了一堵高高的、厚厚的墙。

我猛然惊醒,立刻转身,我要重新修筑面前的路。

1986年

"看菜"的回忆

　　盛席华宴，楼台雅座，"看菜"并无一席之地；御用膳单，大众菜谱，"看菜"不见经传；辞书字典，食货杂志，只有山珍海味、熊掌龙虾的注解，没有"看菜"的记载。然而，在我的家乡，它却名噪一时，妇孺皆知。

　　历史的长河，荡去多少陈迹，而今"看菜"也算作古了。可它在我童年的脑海里，却留下了深深的印记。我六岁那年春节，爸爸第一次带我到姑母家做客，一路上他不厌其烦地向我口授一系列礼节、规矩。总而言之，不外乎是不准乱蹦、乱跳、乱吃。为了我不至于在他乡异地丢脸献丑，还嘱咐我吃饭时要坐在他身边，以便随时校正我的不轨行为。一切都说得定妥。然而，童年的幼稚，美肴的魅力，使我大出洋相，丢了大人的脸，也伤了自尊心。那是开饭之后，我们围桌而坐，热腾腾的饭菜发出诱人的香味，尤其是放在菜碗中间的那碗瘦肉上的两只鸡腿，馋得我直吞口水。那鸡腿，足有三寸长，圆滚滚的像个锣槌，挣破鸡皮的肉，一丝一缕看得分明，腾腾飘起的蒸汽，洋溢着诱人的幽香，我体味着攥在手里撕咬咀嚼的滋味，几次跃跃欲试，都因撞上了爸爸扫过来的严峻目光而作罢。只好改变筷子的投向，漫不经心地在豆腐块、萝卜丝、海带片碗里鼓捣。一会儿，姑母搓手走过来客套地劝我们："吃，吃，喜欢什么菜就吃。"也许是这话的煽动，当爸爸转身接菜碗时，我毅然奋起，举起筷子，伸向鸡腿，夹将过来，攥在手里，张嘴就咬。这一着，举座皆惊，并发出不同的信号。先是姐姐踩着蛇似的"呀——"了一声，然后我的小腿上重重地挨了一脚，接着目光对接爸爸射过来的威严目光。坐在我对面的两个表哥，停止了咀嚼，眼睛瞪得溜圆，看我如何处置这到手的猎物。姑母似乎大吸了一口冷气，面部表情急剧变化。这难堪、窒息的气氛，小腿上的痛楚使我受不了，"哇"的一声哭了。好一会儿，姑母走过来，拍拍我的肩膀，"乖乖，别哭，不要紧，吃吧。"还责怪爸爸不该训我。

这场面对我刺激太大，喉咙硬硬的，含在口里的鸡肉怎么也咽不下，一直哭到散席。我怎么也不明白，为什么吃了个鸡腿，竟犯了如此弥天大罪，爸爸竟如此与我过不去。

事后我才知道，是触犯了"看菜"。原来"看菜"是象征性的，大都是用乡间比较贵重的食品制作，或是一色瘦猪肉，或是几只鸡腿，或是其他什么的。主人和客人都心照不宣，摆在桌上看而不食。无论招待多少次客，不必更新添加，只需照原样摆出。倘主人家境清贫，连"看菜"也拿不出，也不碍事，到邻里借来一碗。我的姑母已是风烛残年的老人，无力糊口，靠五保度日，集体食堂刚刚解散，我的到来，既使她高兴，又因一贫如洗而困惑。晚间照明的煤油，白天下锅的盐巴，全托付给两只下蛋的母鸡。据说，由于我的过失，她不得不挥泪斩"马谡"，杀了那只还在下蛋的老母鸡，还了借来的鸡腿。由于我的失礼，妈妈也为爸爸没有管好我而互相埋怨，弄得不欢而散。

从此，我诅咒"看菜"，恼恨"看菜"。可"看菜"并不因我的诅咒和恼恨绝迹，还慢慢地发达兴旺起来，在乡亲们过"革命化"春节的年月里，"看菜"的队伍在家乡的饭桌上不断壮大起来，除了鸡肉鱼之外，豆条、板笋、粉丝、海带也身价倍增，堂而皇之地加入了"看菜"的行列……

　　物换星移，岁月沧桑，我也做父亲了。在城里工作多年，每逢春节，家里不断捎信，要我偕妻携子与亲友团聚。关山遥隔，旅途诸多不便，每每不能成行。但亲友再三邀请，盛情难却，只好举家前往。第一站便是姐姐家，她满脸欢笑，进进出出张罗着为我们准备饭菜。堆起满桌的酒菜自不必说，一律景德镇出产的瓷盘，竟然还端出皮蛋、花生米、橘子罐头、卤牛肉等一批冷盘。刚坐定，又添上一盘鸡杂，沿盘边摆着四只鸡腿。姐姐说："吃呀！这不是端出来看的。"姐姐指着菜盘，一个劲地劝……

1987年

"我来不忍去"

——游庐山南麓秀峰风景区

盛夏，在庐山偶读苏轼《漱玉亭》诗一首，其中有赞美庐山南麓秀峰风景的诗句："我来不忍去，月出飞桥东"。激起我们向往之情。一天清晨，我们便从庐山出发，沿着蜿蜒起伏的南山公路，驱车南下，前往秀峰游览。

秀峰位于庐山双剑锋下，幽静别致，为历代文人、名士读书静养之地。相传南唐中主李璟少年时曾到五老峰下筑堂读书。李璟即帝位后，便在此立寺，名开先寺。寺中楼台殿阁，香烟缭绕，青竹吐翠，别有一番情趣。从那时起，凡来庐山游览的人们，少不了要在开先寺留下足迹，后寺庙屡经兴废。至公元1702年重修，清康熙于1908年曾手书"秀峰寺"匾，秀峰自此得名。抗战时，秀峰寺毁于战火。康熙手书"秀峰寺"石碑，至今尚在。

汽车下庐山不久，便进入星子县境内，过温泉，转入一条宽阔的林荫道，穿过一片竹丛，在一个青竹翠柏环抱的广场上停下来。站在广场，仰望半壁庐山，苍翠葱茏，重峦叠嶂。香炉、双剑、鹤鸣、龟背、汉阳等峰峥嵘林立，直刺青天的双剑锋，似两柄宝剑，插在庐山半腰。与双剑锋对峙的香炉峰，烟云袅袅，活像一尊紫烟腾空的香炉。汉阳峰之溃泉，分流两支, 一支泻出鹤鸣、龟背峰之间; 一支绕过双剑锋之东, 高悬直下, 这就是著名的大小马尾瀑。每逢雨水旺季, 马尾瀑流量猛增, 奔腾直下, 像九天缺口, 飞泻百丈, 气势磅礴, 声如雷鸣, 远望好似插在庐山南面的两根擎天银柱。秋冬流量减弱, 马尾瀑绵延滑下, 又如两条白绸, 飘舞在青山峡谷之中。双瀑汇合, 经青玉峡, 注入龙潭。面对峥嵘林立的群峰, 眼观源自九天的瀑布, 令人油然想起唐朝大诗人李白不朽的诗句: "日照香炉生紫烟, 遥看瀑布挂前川, 飞流直下三千尺, 疑似银河落九天"。

往西北踏石级而上, 可直达龙潭。龙潭是个自然形成的青碧石壑, 足有千余平方米, 潭水明澈, 青碧如玉, 源头活水, 四季长流, 可供观赏游览者击水畅游。每当下雨, 马尾瀑巨流注入龙潭, 涛声怒吼, 浪花翻舞, 如 "神龙跃空"。平时瀑布泉则倚壁洒入龙潭, 洒洒扬扬, 溅起一股白雾般的水沫。潭边有石刻称之为 "响雪", 可谓绘声绘色。龙潭的四周石壁上留下了许多文士游人赞颂龙潭瀑布的手书石刻, 有 "星汉分流" "瀑布飞雷" "风泉云壑" "山谷洪涛" "直泄银河" 等美誉之词。潭西峭壁青岩上立有卷角亭台, 称 "观瀑亭"。潭东是 "漱玉亭"。上有宋朝大诗人苏轼赞颂瀑布、龙潭的《漱玉亭》诗抄: "高岩下赤日, 深谷来悲风。擘开青玉峡, 飞出两白龙。乱沫散霜雪, 古潭摇清空。余流滑无声, 快泻双石铫。我来不忍去, 月出飞桥东。荡荡白银阙, 沉沉水精宫。愿随琴高生, 脚踏赤鲤公。手持白芙蕖, 跳下清泠中。" 我们面对双剑锋, 身坐漱玉亭, 眼前山川秀丽, 耳边银瀑喧哗, 百鸟争鸣, 确有 "我来不忍去" 之感。回首往东, 沿着山麓石级台阶攀缘而上, 来到坐落在峭壁上的李璟读书台旧址。这里重建了亭台, 亭台中央耸立着北宋大书法家米芾于元丰三年 (1080年) 在秀峰留下的 "从冠军建平王登庐山香炉峰" 石刻手迹: "……此山具鸾鹤, 往来尽仙灵。瑶草正翕赩, 玉树信葱青。绛气下紫薄, 白云上杳冥。中坐瞰蜿虹，俯伏视流星。……"米芾的手迹，虽饱经沧桑，至今近九百年，仍保存完整，清晰如故。笔墨酣畅，苍劲挺拔，笔力雄健，令人赞叹。

在休息的时候，我们同正在油漆亭台的老工人谈及秀峰文物古迹的保护整理情况。他告诉我们，解放前的秀峰，因年久失修，风雨剥蚀，亭台倒塌，文物缺损，荆棘丛生。解放后，人民政府先后拨来巨款进行修复和整理，设法修复损坏的文物，今天的秀峰，楼阁生辉，古迹放彩，山清水秀。老工人指着掩映在丛林中一栋栋建筑物告诉我们：为了给广大游览者提供方便，现在秀峰新建了宾馆、餐厅、礼堂和宿舍，每年都要接待数以万计的中外游客，成了人们休闲度假、修身养性的游览胜地。

1978年

享受宁静

卡拉OK的喧嚣，如号似叫，如哭似泣，刺激了身心，流失了年华；

哗啦啦、噼啪啪的麻将声，在输赢中，支付生命的代价；

川流不息的车流，无休止的喇叭，便捷的交通，有害的尾气；

"跳楼价，大甩卖，十元货，最后一天……"嘈杂的市井，拥挤的街道，摩肩接踵的人群，烘烘的臭汗；

觥筹交错，醉眼蒙眬，灯红酒绿铺就的路引您通往泥泞的沼泽……

恭喜发财，多多关照！慷慨下几多算计；

祝贺后的诅咒，恭维中的鄙视，携手下的绊子，鲜花里的荆棘……总是那样形影不离。

现代生活，市场经济，商业社会，给人们以种种便利，多重享受，又给人以无穷的烦恼，挥不去的浮躁。

人们都在喊，累！

人们渴望宁静。

我也在寻找静，或缘分不够，或机遇难再，梦想总难成真。

我来到了深山，或许天意，或许执着，我终于找到属于我的那一份静。

高高的山，那样挺俊；茂密的林，那样葱郁；奇怪的石，那样多姿；潺潺的水，那样清澈。

这里的一切，那样自然，那样从容，那样宁静。

我贪婪地张开嘴，吮吸这充满温馨芳香的空气，闭上眼睛感受一股宇宙间的元气，沁人肺腑，贯通经络，忽悠悠，人、地、天于一体的感觉，如醉如痴，飘飘然，晕乎乎，不能自已。一会儿在汹涌澎湃的浪尖峰底轻松畅游，一会儿在雷雨交加中酣畅淋漓，一会儿在万丈峰巅观日浮海面，一会儿从长江源头奔向东海……

静的享受，太神奇了，把所有的烦恼洗得一干二净；

静的感觉太美了，让所有自信的傲气都自愧不如，不足挂齿！

在山里，我住进一幢小屋，小屋石砌而成，依山就势，四壁爬满青藤，石墙长着青苔，屋里弥漫着潮气。虽然寒碜，却同周围的山、石、林、草浑然一体，如地上长出一般，颇有远离尘世、"不知有魏晋"之感。

夜深人静，窗外刮风了。山谷林涛阵阵，峡谷哗哗水声，天际滚过闷雷，闪电把锅底似的天穹撕开一条缝，喷射着刺眼的白光，接着雨点沙沙地打在玻璃上。虽然并不静，但自然界的声音一点也不显得多余，反而觉得和谐，甚至更增加了几分静谧的气氛。

躺在吱吱嘎嘎的木床上，琢磨着静，体验着静。或许，不同的时候，不同的场合，不同的心境，对静有不同的理解。

宁静给人以平衡、和谐的感觉。

"至若春和景明，波澜不惊，上下天光，一碧万顷；沙鸥翔集，锦鳞游泳"——这是政治家眼中的宁静。

"前有乔松十数株，修竹千余竿。青萝为墙援，白石为桥道，流水周于舍下，飞泉落于檐间"——这是失意隐身者的感悟。

难怪成名的画家，都从画静物开始，只有对静物的彻底了解、把握和表达，才能把最美的画卷呈现给读者。

宁静的画面，是自然界万物和谐、共存、共荣所构成的。

商品经济，提示了一个残酷的规律：竞争拼搏、弱肉强食。彼长以此消为代价，此荣以彼枯为前提，对于疾风暴雨、生死拼搏中幸免于难的生灵，宁静如沙漠中的绿洲，苦海中的岛屿。

竞争的确是社会前进的一分动力，但伴随着多少血和泪的洗礼。

能否换一种竞争的游戏？你发展，我生存，你繁荣，我兴旺。像静那样，展示一种平衡、和谐、百花齐放的美。让山依然峻，水依然流，草木还是茂盛，知了继续弹唱，何必水克火、火克金呢？

静给人以回归自然的感受。

哲学家说，静是相对的，动才是绝对的。人是万物的精灵，也许是动的本性，才有了足和手的分工，才丢掉了石器，操起了电脑，才撕去了树叶，穿上了比基尼。同时也因为动物性，造成了很多麻烦和遗憾。出现了本世纪初的广岛悲剧和世纪末的科索沃危机。好动的人应看齐静，在宁静的环境下，人们才更容易皈依自然，净化心灵，泯灭奢望，丢掉烦恼，把自己同山、同小草大树融为一体。出家人落草深山，闭眼诵经，也许净化六根亦需要静的环境。

古训有"闭门思过"之说，在宁静中金盆洗手，觉今是而昨非，是人性更完善，人格更高尚——"宁静以致远"。

失意从中得到弥补，

伤害从中得到抚慰，

烦恼从中得到平衡，

失败从中得到启迪。

在宁静的状态下，可以展开无限的想象，在时空隧道中驰骋，生活中极多不平事，极多无奈情，在静这里或许能找到平衡点。

有个脑筋急转弯的题目："如何以最快的时间把室内打扫干净？"答曰："闭上眼睛！"

闭上眼睛，多么英明！在闭眼中，自然平静，静的面前，干戈化为玉帛，恼怒转为兴奋，激动走向平衡。

我思念着静，向往着静，拥抱着静，在静中珍惜所得，找回所失。

1999年6月

马垱炮台感怀

也许是我的好奇, 抑或是它的名气, 要么是有意嘲弄, 也可能是对遗迹的怜悯, 说不出是什么心境的驱使, 我很想去看看那个荒凉、衰败的旧址——马垱炮台。

马垱山, 距彭泽县城十五公里。它横枕大江, 险峻嵯峨, 状如奔马; 它屹立于长江中游南岸, 北与小孤山对峙, 夹束江流, 使水势湍急, 成为长江一险, 历代兵家必争。马垱炮台盘踞山上, 谁握有它, 就可以插足江南, 染指吴越, 进军川鄂。

金秋晴日, 风和日丽, 正是流金溢彩的季节。我们穿过马垱街, 沿江岸往东, 在一条狭窄陡峭的山路上跋涉。近半个小时后, 我们终于气喘吁吁地来到炮台下。

啊, 仿佛是一个被遗弃的古堡, 用青砖垒成的洞壁, 经不起风雨剥蚀, 已经残缺不全, 好一副黯然憔悴的悲壮景象。沿洞寻踪直达炮台顶端, 一座万伏高压电线铁塔, 立足炮台顶端, 昂首九天云外, 肩扛粗长的银线, 跨越长江天堑, 把强大的电流送往江北棉乡。站在铁塔脚上, 仰望塔顶, 穿云劈雾, 搏击风云, 昂扬着时代的气息。炮台的四周, 丛生着荆棘野草, 竟似长江的波浪, 一层高过一层。虽不整齐, 却错落有致。仔细一看, 原来是一环套一环的战壕。同行告诉我, 村民在这里砍柴放牧, 还常常能拾到子弹壳、炮弹片，偶尔发现裸露的头壳，分解的肢骨。

啊，多少激烈的鏖战，多少刺鼻的硝烟，多少民族的精英，多少中华的脊梁，为了国家独立、民族振兴，爬起来，倒下；倒下，又爬起来。尸垒长江之岸，血染石岩之窟。"无贵无贱，同为枯骨"。静心遐想，隐隐中似乎听到隆隆的炮声，悲壮的杀喊。仿佛见到冲锋阵容，溃退的骚乱。这荒凉的古炮台，目睹世间沧桑，是中华强盛、衰败的见证。

1840年，它曾阻挡过来自英格兰的狼烟；

咸丰年间，它是天国勇士们革命的鼓点；

1894年，它曾使来犯的日寇却步；

1916年，它是军阀孙传芳败北的溃退线；

1937年，它又是赣北人民遭受凌辱的开篇。

我环顾炮台一周，仔细地察看。琢磨着它昔日的雄姿，猜测着它蕴藏的能量。其实，它太单薄了，太矮小了。是啊！武器原始，人民瘦弱，国库空虚，政权腐朽，何况马垱炮台，就是虎门关卡，长城隘口，又何堪一击？环绕马垱炮台四周的战壕，像一连串的问号，启发人民思索、醒悟、反省：落后定会招致挨打，挨打定会更加落后。这些警钟般的语言，令人震惊，催人醒悟。奋斗吧！发展比炮台坚硬百倍的社会生产力，让人民饱暖，有健壮的体魄；让国库丰满，有坚强的实力，才能永远立于不败之地。

解放后，我们本应全力发展生产，使国家富强人民殷实。然而，我们却长时间把眼睛盯着梦幻中的敌人，捕捉这虚构的魔影，枕戈待旦。曾几何时，险些拆去马垱山顶的高压线铁塔，而重修被冷落遗弃的炮台，于是，人民又走向贫困，几乎潦倒……

我愤然离开炮台，投奔高耸的铁塔，祝愿它永远挺拔，而庆幸炮台的荒芜和被遗弃。

1988年

金色的呼伦贝尔草原

写下这样一个题目，自己都感到吃惊，呼伦贝尔大草原在作家、诗人笔下历来是绿草盈盈，碧蓝如海，怎么成了金色呢？

我要说，它确实是金色的！

人们都说那是一幅绿色的画卷，是一片没有任何污染的绿色净土，怎么会有金色一说？

我依然坚信，它确实是金色的！

朋友知道我爱看大海，盛邀我去呼伦贝尔看草原，说那也是海：逶迤起伏、一望无际、绿浪涌动，是另一种海！一样具有海的胸怀、海的气势、海的壮观、海的神韵！

一个金风送爽、果香四溢的季节。

我来了！十月的一个清晨，天刚蒙蒙亮，草原上弥漫着一股透骨的寒意。我们乘车从满洲里出发，朝额尔古纳市进发。汽车驶上301国道，要穿过呼伦贝尔草原。刚刚驶出满洲里市区，辽阔的草原就映入我们的眼帘，浮现出一个童话般的世界：太阳还没跃出地平线，金色的霞光已经守候在它升起的天际，东方一片橘黄色；天空稀疏飘着云彩，一会就给喷薄而出的太阳染成黄金色；一望无际、时起时伏的草原，原本暗黄色的草场，顿时亮堂起来，慢慢变成了金黄色。随着太阳升高，草原流光溢彩，耀眼夺目。顷刻间，金色的天空，金色的草原，天地合一，浑然一体，好像坠入一个黄金打造的宇宙空间，飘落在一片金黄色的大海上，一种从未有过的惊奇和震撼笼罩在心头。

置身飞驰的汽车上，朝前看，金色的大海被快速犁开一条褐色航道；往后看，刚刚出现的航道稍纵即逝，闪速地被金色的草原抚平、还原，回归宁静。

我们坐不住了，要求司机停车，一定要下车看看这个神奇的世界，拍摄、留存这个梦幻般的场景。

随着太阳的升起，阳光更加和煦耀眼，草原更加绚丽夺目，天空的色彩开始变化，金黄色的云彩渐渐散去，天空湛蓝得没有一丝杂质。金黄色的草原伸向远处，在蓝天与草原接壤的地方，画了一条天际线。我们眼中的世界，一半是金黄，一半是湛蓝。

站在茫茫的草原上，一股沁人肺腑的草香味扑面而来。由远而近，金黄色的草地上，星星点点、错落有致地摆放着一个个草垛。朋友告诉我，现在正是草场收割的季节，牧民们正忙着在自家的草场割草、打包、转运、收藏，以备牛羊过冬。"别小看这些小草垛，论体积不过一立方，价值至少在五百元以上。在发生雪灾的年景，价格还要翻番。"朋友不无自豪地介绍。据说自从建立草原所有权、使用权和承包经营责任制以后，牧民的生产积极性空前高涨，一只羊的综合经济价值达千元以上，一个牧羊百只的家庭，就有近十万元的收入，国家还给予草场生产补贴。

"别看草原上那些貌不惊人的蒙古包，那可大多是百万富翁的'别墅'啊！"

我心里暗暗吃惊，看看眼前这些密密麻麻躺在地上的草垛，远处那些悠闲游动的羊群、牛群，这哪里是草原，它简直就是一座黄灿灿金库！

金色的呼伦贝尔草原，名不虚传！

汽车在草原奔驰，我们醉心于窗外的美景。

草原醒得早，牧民起得晚。临近中午，金色的草原由静而动，色彩更加丰富起来：原本车辆稀少的公路上，开始有运草的拖拉机擦身而过；远处的草场，不时传来断断续续的轰鸣声，割草机在草原上蠕动，身后卷起一个个草垛；蓝天下，草地上，一个个白色的蒙古包从眼前掠过；羊群在悠闲地吃草，几只牧羊犬，百无聊赖，例行公事似的绕着羊群转悠；牧羊人或骑着马，或骑着摩托，随着羊群或牛群伺机而动，有的干脆就躺在草地上，或引吭高歌，或放逐思绪，遐想广袤宇宙的神奇与奥秘。

这幅图画，和草原升腾起的金色色调，一样令人震撼与难忘。

天与地，人与人，牧场与羊群，各行其道，默契与融合，构成了一幅和谐图画，是金色草原之魂，是璀璨金光之源！

人与自然和谐相处，民族与民族情感上的水乳交融，才会有国家的繁荣昌盛，才会有草原的流金溢彩。中华民族家园各族兄弟朝着一个共同的目标，和睦相处，创新发展，共同演绎着中华民族复兴的中国梦，比黄金更加重要。

我置身呼伦贝尔草原，隐约感到这片金色世界在不断扩展，由呼伦贝尔到锡林郭勒，由锡林郭勒到伊犁、祁连山……

2012年

跨越时空的对话

—— 写给我在天堂的妈妈

一、思念悠悠六十年

妈妈，掐指算来，您离开我们已经六十个年头了，儿子今天是第一次给你写信。您离开的时候，我三岁，大姐十二岁，您是三十三岁。我依稀记得您走的那天，是南方的初冬，天阴沉沉的，您用尽了生命最后的力量，生下了弟弟。弟弟一声啼哭来到了人间，而你却一声长叹，离我们而去。我们姐弟四个，趴在您的遗体上号天喊地，任凭爸爸怎么劝慰也不肯离开。

从此，命运剥夺了我喊妈妈的权利。到现在，"妈妈"在我的脑海里成了生僻词。尽管我的稿纸、键盘上会出现妈妈的字样，可我写下的都是别人的妈妈，世界上的妈妈，概念中的妈妈。"妈妈"两个字对我来说是那样的空洞、冰冷、遥远、陌生，又是那样的让我揪心地品味、向往、失落、惆怅。别人有妈妈，我只有思念。

妈妈，您走得太早，我当年太小。您的音容笑貌，我储存得太少。我想您的时候，只有偶尔去看看外婆，看看大姨、小姨，从她们身上揣摩您的影子。可是无论我怎样寻找，都填补不了我心灵垮塌的那一角。

妈妈，寒来暑往，斗转星移，一眨眼，六十年。我有幸十六岁参加工作，现在已经退休。对您的思念，与光阴的沉淀成正比。年纪大了，感觉与您和爸爸的相聚的日子更近了，而对您的思念反而愈加强烈。我是无神论者，但对您的思念，又让我期待阴阳一体，生命不灭，灵魂永存。我深信：母子连心，心灵感应。我用心灵和文字与您对话，您一定能听得见。

妈妈，我们母子离别，阴阳两隔。这一辈子，我失去了孝敬您和爸爸的机会，我只能以我的方式表达我对您的养育之恩。还在很小的时候，外婆对我说：墓碑是故人的大门，大门高大，屋里才亮堂，我记住了。我大学毕业拿到工资后的第一件事，是给您和爸爸的合墓换上了墓碑，能否改善您在天堂的生活环境，我不得而知。后来我有了儿子、孙子，又先后两次为您更换了更高、更气派的"大门"。无论您在那边感觉如何，我要做我想做的，您一定会满意的。因为，这不仅是我的心意，更是因为那里镌刻着您和爸爸生命的延续。您和爸爸毕生积德行善，换来我们家族的薪火相传、生生不息。我知道，这是您和爸爸最关注的，我做到了，我和您一样知足和自豪。

妈妈，您走之后，爸爸每年清明节、七月半都牵着我给您上坟烧纸；爸爸走后至今，我虽然身在外地，但清明节，无论身边多大的事，无论离家多远的路，我一定要给您烧一炷香，培一抔土，在您的坟上插满纸花，撒够纸钱。尽管我深知这一切您毫不知情，但我不这样做就无法了却心中的思念。每年的正月初一，我一定会领着家人，带上您的孙子、曾孙，风尘仆仆、车马劳顿，赶到您的墓前，鞠上一躬，鸣放一挂鞭炮，给您拜年。尽管这并不符合乡里乡村的习俗，但为表达我的心声，我坚持了四十多年。因为我深知：每逢佳节，一定是您最想念儿女的时候，您一定时刻期盼着儿子回家与您团圆。

妈妈，您知道吗，您的离去，给儿子的心理平添了许多忌讳和敏感。

我对节假日特别敏感。我上大学的时候，爸爸刚刚离去。当同学们收拾行李准备回家看望父母的时候，我看着他们溢于言表的兴奋而独自悲伤。我默默走进空旷的图书馆，心不在焉，目光游离于字里行间。盘算着这个春节、这个大年三十去哪个亲戚家度过合适。尽管爸爸在弥留之际嘱咐过村里的左邻右舍：孩子回来的时候你们给他让个座，倒杯水。我内心对于别人的目光有极度的敏感，一丝冷遇和过度的热情都使我无法接受。成家之后，每逢同事、朋友，大包小包，偕妻携子，为看望父母而奔波，我的内心常常泛起一种无以言状的惆怅和失落。父母对于子女是永远的家，爸妈就是儿女的家。您走了，我心中的家也走了。每逢出差出国归途，同行同事都兴高采烈地逛街购物，要给妈妈买些什么，给爸爸买些什么。这时的我，只有默默地陪他们闲逛，分享他们孝敬父母的幸福，遐想他们母子、父女见面的喜悦。

二、没妈的孩子不如草

妈妈，上世纪80年代，一首《世上只有妈妈好》的电影插曲，风靡海峡两岸，传遍大江南北，蹿红街头巷尾。我没有音乐细胞，但我奇怪地感觉那首歌是为我写的。至今，歌曲、歌词我还铭记在心。每一次听到它，胸中都会波澜起伏，久久不能平静。歌词说，有妈的孩子是个宝，没妈的孩子像根草。而我说，没妈的孩子不如草。

妈妈，您知道吗？您走后不到一年，人民公社的大食堂散伙了，家里更是四壁徒空，老鼠都饿死了。这一年，弟弟在我突然醒来的一个早晨夭折了，爸爸把他僵硬的遗体搂在怀里不肯放手。村里、亲戚都议论，说是你带走了小弟。爸爸将信将疑，把我搂得更紧，怕你再把我也带走。于是将我轮流寄养到亲戚家。那个年月，再浓烈的血缘，再浓郁的情亲，都要经受粮食的考验。一个家庭多一张嘴，等于家长身上多压一座山。

一个闷热的夏夜，我在蒙眬中听见了噼里啪啦的算盘声。算盘的旁白是大人的对话，对话的内容是我在寄托期间所花费的粮食和费用。我再也睡不着了，我懂事了。第二天堂哥来看我，我小声跟他说起昨晚所见所闻。堂哥是个富于同情心又满身正气的汉子，他听完我的话后，一言不发，满眼噙泪。用一个并不充足的理由，把我抱回了爸爸的身边。后来，我又去了几个亲戚家小住，大多不过十天半月。堂哥朝爸爸发火了，"死也死在家里，不能再寄养出去了！"短期的流浪生活，对我而言像是读了人世间的大学，我懂事多了。从此后，我再也不去亲戚家寄养了。

妈妈，您走后不久，爸爸就随村里人外出"大跃进"，炼钢铁，修水库。一阵在观音塘，一阵去柘林水库。常常是十天半月不回家，只有我和三个姐姐相依为命。白天怕人，晚上怕鬼，太阳还没下山，我们就用一根木棍把大门给顶上。生产队经过几年的折腾，粮仓已经没有什么可以分给村民了，从分稻谷到分小米，再到分苦荞麦、红薯，分红薯从论斤到论个，慢慢就没什么都没有了，大姐急得直哭。我们一天从三顿到两顿再到一顿，从干到稀，从粮食到野菜。姐姐怕我们吵着要吃的，早早地让我们睡觉，第二天大上午还不让起床。妈妈，对一个三四岁的孩子来说，有什么比整天饿得肚皮贴着背脊更刻骨铭心？那年月，一顿饱饭，就是时刻向往的天堂。我常常看着别人家热气腾腾的饭菜而垂涎，看着同龄的孩子在妈妈怀里撒娇而羡慕，也常常因冰冷甚至鄙夷的目光而自卑。妈妈，这种目光一直影响着我的一生，我对它有着天生的敏感、天生的惧怕、天生的反抗。对目光的解读，我有别人无可比拟的积累和悟性，它们在我性格中留下了烙印，甚至成了我真善美、假丑恶判断的重要标准，影响着我跌宕起伏的人生。在我漫长的人生旅途中，人格的平等是我为人处世的底线。为争得这份平等，我付出了相当大的代价而毫不可惜。妈妈，儿子的身上找不到同类物种常见的媚骨，这是我毕生的努力，也是您和爸爸最好的基因遗传。

没吃饱饭的夜晚特别长，没衣服穿的冬天特别冷。妈妈，您走之前盖了一半的房子，多年后一直没能完工。下半截土墙，上半截稻草编织的围栏，漏洞百出，难以遮风挡雨。我们四个孩子蜷缩在薄薄的棉被下，早上伸出脑袋，被面上是一层厚厚的雪花。爸爸赶回家过年的第一件事就是打扫屋里的积雪。和漏洞百出的房子一样的，是我们穿在身上的衣服。衣袖太短，裤管太高，大拇指裸露在鞋外。我满周岁您给我缝的棉袄，袖子和下摆加长过三次，一直穿到上小学。

妈妈，在熬过了最痛苦、最饥荒、最无助的四年之后，我上小学了。但好景不长，遇上了一场旷古绝今的"革命"。老师要我们"经风雨，见世面"，背上行囊，去县城串联。一个北风凛冽的冬天，我和几十个小学生，背着棉被，凌晨出发，步行三十多华里，天黑到达县城。那是我第一次见到城市。串联之后，学校就停课了。再后来学校搬迁，我要到一个离家三四里的荒山丘，继续小学的学业。住校学生就是我和邻村的两个小伙伴。一个大雪封路的夜晚，我们冷得无法入睡。为了御寒，吃了一罐子腌制的朝天椒，但第二天我们肚子痛得没能正常上课。

1967年，大姐要出嫁了。原本是一家人喜庆的日子，可爸爸、我们姐弟都高兴不起来。那几天，爸爸很少说话，闷着头忙这忙那，给大姐准备嫁妆。因为大姐已经是能在生产队挣工分的主要劳动力，她离开这个家庭，爸爸失去了家庭生活的一个重要帮手，一家人维持生计的收入也减少了一半。而对于我和二姐三姐而言，大姐就是妈妈。在您离开我们的日子里，是大姐像母鸡一样伸开两个翅膀，护着弟弟妹妹。现在她要出嫁，我们失去了一个遮风挡雨的港湾。再后来，二姐也出嫁了，三姐在一个偶然的机会去外地工作了。

1970年，对我和我们家而言，是吉星高照，红运当头。我的生活发生重大转折。初中毕业后，我遇上贵人，推荐我去公社当通讯员，虽说是个扫地抹桌子的差事，但我干得很开心。白天服务领导，早晚开广播、放电影，承担了公社文书的大量工作，写材料、刻钢板，上传下达。每天都能吃上白米饭，甚至隔三岔五，还有红烧肉。妈，您知道吗，在这之前，我们只能在逢年过节才吃得到猪肉，这对我来说是一件不可思议的事。更让我感觉温暖亲切的是公社这个大集体，领导和下属之间，同事与同事之间，相敬如宾，和蔼可亲，心心相印。大家亲如兄弟姐妹，同甘共苦，没有职务高低之分，没有年龄大小之别。大家遵循的是党和政府倡导的言行规范。这段工作生活成为我长久的眷恋。

大姐二姐相继出嫁，三姐去外地工作，我也住在离家几里外的镇上。爸爸虽然表面高兴，但内心的酸楚我看得出来。他说，你们一个个都像小鸟，长大了就飞走了，只有我出门一把锁，进门一盏灯。他的孤独我们做儿女的清楚，可是我们为了未来的生活又不得不撇下已经体弱多病、风烛残年的爸爸。正是这个原因，1973年，我遇上了一个上大学的机会。爸爸先是不同意，后再三权衡，有条件地同意：本省可以，外省不行。就这样，我填报了本省的大学。我的人生经历了又一重大转折。可是好景不长，爸爸的身体每况愈下。我内心很清楚，孤独和寂寞、对远方儿女的思念、经济上的压力、生活上的窘迫，都是消耗他生命的原因。终于在1974年冬季的一个雨夜，我颤抖地接过一封加急电报：父病危，速回。我呆呆地看着这重如千钧的五个字，泪如雨下。我什么也不说，登上回城的火车，从德安车站下车，走进了寒风裹挟的雨夜，在泥泞的山路、旷野跋涉了六七个小时，回到了爸爸的病榻前，他已经是弥留之际，滴水难进。我疯狂地找当地的医生给他诊断，医生都只是摇头。他趁着生命回光返照的一刹那，告诉我：赶快成个家，也好有个照应。这是他给我说的最后一句话，我看见他眼角有浑浊的泪水。

妈妈，不瞒您说，您走得早，在我的印象中是模糊的、碎片的。您走之后，是爸爸搂着我长大。他含辛茹苦，既当爹又当娘。他虽然对我管束严厉，但我们父子之间的感情非同一般。他的离去，对我的打击太大。从那之后，我成了一个名副其实的游子，没爸没妈的孤儿。我面前的生活，无论陷阱荆棘，无论风高黑夜，无论滔天巨浪，无论暗箭机关，我都要独自面对。安葬了爸爸之后，我准备返校，生产队长来了。他不是来悼念爸爸的离世，也不是抚慰我的悲伤，而是告诉我：你爸爸欠生产队的口粮钱二十八元，你要想办法早点还。我听过之后，悲痛加愤怒，情绪失控。我把身上仅有的盘缠全部搜出，甩在地上。他在我的怒目、鄙视中，猥琐地捡起飘落四散的纸币。我咬牙切齿地告诉他：你记住，现在咱们两清了。

妈妈，流浪、拮据、孤独、飘浮的学生生活结束后，我分配在县城工作。天无绝人之路，工作之后，我一帆风顺，春风得意。1980年底，我准备结婚。和我同时筹办婚事的朋友、同事还有几位。看着他们父母喜悦地为儿女忙上忙下，张罗新房、嫁妆、婚宴、礼品。而我茕茕子立，孤身只影，不觉悲从中来。我的心情一半是海水，一半是火焰。我刻骨铭心地感觉：有爸，有妈，真好！婚后的生活是幸福的，工作也是很辛苦、很开心的。第二年，您的孙子出生了。我毫不夸张地说，这是我们家庭、家族最大的喜事，最幸运的大事，也是我日后成功的基础和原动力。我内心以此为荣，以此自豪，我知道，您一定在天堂和爸爸分享我的喜悦。

妈妈，还在我刚刚懂事的时候，有一天爸爸对我进行人生测试。问我：长大后是希望人人为我，还是我为人人。我敞口而出：人人为我。爸爸听后，久久没有吭声，脸上表现出十分无奈和绝望。那种绝望对我刺激极大，我感到我错了。从那开始，我树立了"我为人人"的生活目标。也正因此，我选择了一条注定充满了跌宕起伏的人生道路。我秉承公道与正气，踏实做事，诚实做人，宁人负我，我不负人。以"时过自然明"的态度承受委屈，笑看误会。妈妈，我回头看看自己走过的道路，还算幸运，还算成功。我没辜负您和爸爸的期盼，没有辱没门楣的失节，没有愧对祖宗的污点。妈妈，儿子也很不容易。现在，我也是一个六十多岁的老人了，生活无虞，衣食无忧，健康无虑，幸福并快乐着！儿辈争气，孙子天真。只是退休之后，比过去更加想念你们，我今天的天伦之乐，要能够与你们分享该有多好！

三、您的期待，我的责任

妈妈，在您离开我们很长的日子里，我对此生前景没有乐观的估计。更没有做过在城里有一间住所，有自己的汽车，有现代的生活条件和设施之类的梦。可今天，这些是我生活中的现实。一个没爸没妈的孩子，能有眼前的一切，饮水思源，我从内心感谢党，感谢政府。我十六岁参加工作，在公社机关长大，耳濡目染，那些正能量的传统观念，影响了我一生。我是党和政府养大的孩子，感恩那些关心我、帮助我、培养我的领导、同事、朋友，感恩所有关注我、支持我的人。我能在职业生涯中顺利走完四十多年的历程，同这些密不可分。在人生的旅途上，我和您、我和爸爸同了很短的一段旅程。但爸爸在煤油灯下教我背诵四书五经和《增广贤文》《四言杂字》的场景，教我做人的道理，处世的原则，待人的规矩等等，至今历历在目。回顾几十年的工作生活，我无愧于组织，无愧于祖宗，无愧于自己，也无愧于家人。因为工作，我曾多次与死神擦肩而过；

因为组织，我曾多年别妻离子，抛家不顾；为了正义和公平，我无所谓个人前途与得失，宁为玉碎，不为瓦全。妈妈，宦海沉浮，儿子虽遍体鳞伤，但从未向邪恶势力有过半点妥协，舍得自知，无怨无悔。尽管您和爸爸有一百个不放心，儿子总算是挺过来了。

妈妈，现在我退休了，在家含饴弄孙，颐养天年。很多同龄人退休常给我讲述他们的退休打算：用余下的时间好好陪陪父母，弥补过去几十年欠下的愧疚。他们的计划，我很羡慕。我永久地失去了陪同、孝敬、伺候您的资格。但我知道您的心思，我会用余下的生命时光，帮带好您的孙子，培养好我的孙子，这绝对是您和爸爸在天堂的唯一想念。

不当家不知柴米贵。同样，不为父母无法体味父母的责任。妈妈，自从儿子出生了我才体会到：孩子下地了，我的心就悬起来了。虽然也知道大可不必，但责任使然。天下父母也许都是如此，放下这颗心的时候，也许就是心脏停止跳动的时候。不瞒您说，我现在的最大压力就是帮助儿子，照顾好孙子。这一定是您的期盼，是您给我的责任。履行好这个责任，就是我对您和爸爸最好的孝敬。我很欣慰地告诉您，您的孙子和我一样，履行着"我为人人"的义务，多年的历练，他顺利地成长，不断地进步，未来有充分的发展空间，您完全可以放心。我的孙子，聪慧顽皮，视野开阔，以他的视角观察世界，常有让我侧视的言论。我最觉得幸福的时刻，是和他聊天，他海阔天空的遐想，对现实世界的认知，儿童眼中的社会，常常让我语塞。

妈妈，说到责任，我对您和爸爸有很多的抱怨。您把我带到这个世界刚刚三年，就走了；在我的生命旅途，爸爸虽然陪我走了一段，但也在我十九岁的那年离去。我稚嫩的肩膀，过早压上了生活的重担，我在风浪中呛水的时候，在泥泞中跌倒的刹那，在清洗伤口的阵痛中，是多么希望出现您的身影！这时候，我常常抱怨：您是天下最不负责任的妈妈！当然，我也知道，您和爸爸也是身不由己，您对我们姐弟的成长和生活，也有一万个不放心。值得您欣慰的是：您的四个子女，虽然都历经千辛万苦，但一个个顽强地生活，不但没有让命运压倒，反而倔强地成长。现在，我和三个姐姐都是三代同堂的家庭，以您和爸爸为大树，我们这个家庭树大根深，枝繁叶茂。祖孙三代，子子孙孙，已经是一个三十六人的大家庭了。我们秉承祖训，凭勤劳吃饭，凭诚实处世，凭品德立身，虽无惊人之处，却也都乐乐融融。我们早就告别了食不果腹、衣不蔽体、屋漏被薄的日子，现在的生活是过去做梦也不敢想象的。我不相信因果报应，但坚信有您和爸爸阴中助力。

　　妈妈，儿子六十年没有给您写信，没有和您说过话。这一张口，就滔滔不绝。信写得太长，洋洋万言，还是意犹未尽，无法表达我对您、对爸爸的思念和眷恋。天地旋转，日月交替，寒来暑往，自然规律不可违抗，儿子也是年逾花甲的老人了，与您相聚的日子也慢慢近了。几十年后，我去天堂看您，祝您在天堂一切都好！

2016年6月

佑民亭记

佑民亭者，原本无名也。遍阅乡史县志，不见佑民亭的记载；问尽乡绅妇孺，道不清来龙去脉。但它为当地百姓遮风挡雨、避寒抗暑，服务近两百年却是有口皆碑。官方虽无记载，百姓心中永存。

佑民亭，原本乡间驿道边的凉亭，无名无姓，位蛟塘镇大凹沟。北倚丫髻山脉，东连和公塘要道，西接横塘镇阡陌。其本来面目，不过一砖混结构、四面通透、横梁蓝瓦的简易建筑，面积四十余平方米。四支柱子撑起一个人字形屋顶，柱子之间，铺设几块长条形青石板。古往今来，成为南来北往、手提肩扛者一个歇脚的驿站。一番风餐露宿、汗流浃背之后，进到凉亭，或坐或躺、歇歇脚、乘乘凉、喘口气、喝口水、抽袋烟，稍事休息后再砥砺前行。凉亭貌不惊人，却年代久远，相传建于道光年间，距今近两百年。

乙未仲秋，星子县归横公路扩建，凉亭列拆除建筑。镇当局念其历经风雨、饱览沧桑，决定免其一"死"，易地改建，圈地十余亩，立起一座九十九平方米、两层楼高的新凉亭。且地势开阔，倚北朝南，斗拱飞檐，柱红墙白，花岗石地，蔚为壮观，命名佑民亭，为乡里新添一景，民间无不盛赞。主政蛟塘镇的查瑞东、刘永安君盛邀，嘱予作文记之。

予观佑民亭，论建筑，简而朴之；论价值，不及镇经济九牛一毛。然其兴废之间，极具咀嚼品味。

其一，佑民亭新建，折射新生代执政者民本理念。共产党源自人民，代表人民，一切为了人民。人民的拥戴与支持是政党生存的基础。为人民遮风避雨，是执政者的责任。忘记了这个责任，就会被人民抛弃。给名不见经传的凉亭，赋予佑民的责任，足见殷殷爱民之心，切切护民之意。佑民亭给当地百姓带来多少福祉难说，但它能解路遇者遮风避雨、歇脚喘息的窘态。

其二，佑民爱民，是理论，亦是实践；是目标，亦是过程。人类发展到今天，飞机、轮船、磁悬浮、高速路，"坐地日行八万里"不是梦想，是现实生活。人拉肩扛被快递、物流所代替。但社会需求多层，利益群体多元，生产生活方式多种，任何时代都有相对弱势群体。不断地满足弱势群体的需求，帮助他们跟上时代的步伐，是为政之要。尽管有了飞机高铁，但依然不乏徒步肩扛、挥汗如雨的劳动者。社会给弱势群体的温度，是衡量社会文明的程度。虽有众多金碧辉煌的游客集散中心，有极尽奢华的休闲娱乐场所，仍不妨保存一些简陋得只剩四只柱子、一片瓦的凉亭。

其三，文明和进步，不光是对昨天否定与扬弃，还在于继承与创新。一个与现代建筑相形见绌的凉亭，经历百年的风霜雨雪，承载了几代人的记忆、乡情、乡愁，它有现代人在现代建筑中无法复制的情感。城市化的进程，如何留住故乡的情感，使它不再遥远、不仅存梦中，是篇大文章！现代乡村，把土坯房变成别墅重要，找回土坯房、凉亭中的情感和精神同样重要。

责任与担当，扶强与济弱，创新与继承，是我在佑民亭的遐想，或许是道需要不断析解的几何题。

　　　　　　　　　　　　　2015年12月

浮世轻言咏叹

HUAERJIE

ZAI

WEIXIU

齐威王治假的启示

不知始于何日，假风日盛，吹得人昏昏欲睡。为害之烈，足以祸国殃民。

假数字：若吹皂泡，红红绿绿，色彩纷呈，天花乱坠。拧去水分，令人咋舌，无法作为决策依据。

假政绩：以邻为壑，坑骗国家，影响长远利益，牺牲生态平衡。你有政策、我有对策，造出所谓"政绩"，沽名钓誉，骗取信任，换得职位，群众唾骂，危及党风。

假商品：以次充好，以假乱真，冒名顶替。假酒，喝去一条条人命；假药，把人治死；假农药，假化肥，弄得农田荒芜，稻菽枯萎，百姓遭殃。

进而发现假户口，假档案，甚至于假刑事判决书。竟然堂而皇之地将判六年刑期的罪犯"释放"，岂不怪哉！

如此假、假、假，花样翻新，不一而足。因此，为了社会、经济生活的正常秩序，不得不组织以打假为宗旨的"质量万里行"。

万里行，行万里，撞上枪口的，寿终正寝，侥幸逃脱的，苗壮成长。因此，打假也不过杯水车薪，"假"仍然"野火烧不尽，春风吹又生"。

近日阅报，拜读某报论文，且一论，再论，三论。文章气势磅礴，论据充分，说理透彻，文字优美，令人耳目一新，倍觉茅塞顿开。看看作者大名，不看则已，一看大惊。此公原系"大跃进"时扫盲对象。平心而论，尽管"三十八过去"，谅他二千方块字认不全。居然"写"出连篇累牍的鸿篇巨制，屡屡见诸报端，实谓文坛奇迹，叹为观止。问及同仁，皆言此公组织一个班子，代之耕耘，专事"爬格子"也！

姑且不论此公是否吃了灵丹妙药，一举满腹经纶，学富五车，也不究其堂而皇之地在人家劳动成果上冠以自己大名是否羞耻。我的收获和贡献是又发现一假——假作者。

实事求是，一切从实际出发，说老实话，办老实事，做老实人，是我党一贯传统，七十多年来党孜孜不倦追求和奉行的"实事求是"思想路线，被一些党员干部糟蹋得不成样子，呜呼！何也？

近读《资治通鉴》，发现公元前370年齐威王治假一法，颇有参考价值。

《资治通鉴》载：齐威王对即墨大夫说，自从你到即墨，外界对你的批评一天比一天严厉，经我实地考察，发现田野生机勃勃，人民安居乐业，社会稳定，边界安定。原来是你不注意同朝廷官员搞关系，他们对你不满。齐威王又召东阿大夫说，自你镇守东阿县，吹捧你的人不少，实际上你那里田园荒芜，战事不断，民不聊生，而朝廷官员都吹你，原因是你贿赂我的大臣，为你说情，沽名钓誉。于是齐威王处东阿大夫以极刑，受过东阿大夫贿赂的朝廷大臣格杀勿论，赏即墨大夫万户侯。

《资治通鉴》评说："于是群臣悚惧，莫敢饰非，务尽其情，齐国大治，强于天下。"

读过这段故事，我极钦佩这位古代政治家，是非分明，功过分明，有明察秋毫的作风和强硬的治国手段。我想，齐威王治假的启示有二：一是对部下评价，不轻信左右誉毁，不被小人闲言细语左右和蛊惑，而是派人看看，以正视听，辨别真伪。二是一旦发现假，毫不含糊，果断处置，以绝后患。

看来，对于假，倘无心任其泛滥，必须严厉处置，"治乱世用重刑"，是也！杀假风也不妨用"重刑"。

1994年

也说"政绩"

政绩，是一个干部德才素质的综合反映。凭政绩用干部，能够真正把勇于改革创新，为人民办实事、谋利益的干部选拔到领导岗位上。也唯有如此，才国兴有望，人民有幸。在政绩面前，"南郭"潜逃，庸才止步。然而，对于执掌政绩这把尺子的伯乐先生要求也高了。仅仅是绕着马相一番，恐怕难辨良驹劣马。纵使是拉到场上赛跑一圈，也要看是否用过"兴奋剂"之类。因此，必须对政绩来一番清醒的分析和透视，防止鱼目混珠。

政绩的形成是一个多要素共同作用的结果，包括干部的自身素质、主观努力、客观环境、工作基础、政策体制等等。良好的外部环境，扎实的工作基础，加上主观努力，如虎添翼，事半功倍，可收"时来风送滕王阁"之效。相反，竹篮打水，事倍功半。因此，量政绩不能不考虑客观和主观履行职责的关系。得天独厚，坐收渔利，不算政绩；恪尽职守，赤膊上阵，虽收获不丰，岂无劳乎？此乃其一。

笔者见过一位领导，任期内急于造政绩，集资若干，贷款几十万，上了个项目。理论算账，着实乐观，年产值几百万，利税几十万，两年收回投资云云。深得上级称道，一致认为此举应载入政绩册。凭诸如此类政绩，他政治生涯得风得雨，左右逢源。可不少项目投产之日，正是产品滞销之时。工厂开门之后旋即又关门。一屁股债留给下任，弄得干部职工都发不出工资，大家叫苦不迭。政绩乎？败绩乎？看来，政绩有真伪之分。也有的干部谈则口若悬河，喝则海纳百川。工作热衷于领导、时间、人员三集中，人山人海，摇旗呐喊，轰轰烈烈，热闹非凡。花花草草，华而不实。这种政绩像浸透了水的海绵，拧去了水分就没有重量。看来，政绩还有虚实之分。因此，量政绩，要科学鉴别，分清真假伪劣，防止败绩登堂入室，进入政绩的宫殿，此乃其二。

用政绩衡量干部，涵盖了干部动态的、静态的工作效果。干部岗位不同，行业各异，从事物质文明建设的看经济效益，从事精神文明建设的看社会效益。有的政绩可以量化，有的则难以估量。因而不能互相套用。书记、委员、县长、科长，观其政绩，必须把其岗位职责实际效果联系起来看。不认真履行自己职责，越权越位，也许种瓜得豆，但只能算是不称职的表现。搞党务工作、意识形态，虽然没有以金钱衡量的政绩，但没有社会风气的积极向上，哪来正常的生产工作秩序，又哪来的经济增长指标？纵使是堂而皇之地发展数字，增长比例，也不能见风是雨。譬如，有的干部为了制造政绩，急功近利，掠夺性经营，置生态平衡、环境污染而不顾，指标上去了，但上挖了祖宗，下祸及子孙。这种眼下收获，长远受损的勾当，政绩乎？也有精于算计者，策划于密室，热衷于对策，坑国家、损他人，以邻为壑，肥自己一块天地，局部隆起的政绩，是以大局损失作为祭品的，政绩乎？还有的一门心思搞钱，商品意识浓厚，但社会风气每况愈下，钱成了一个地方运转的轴心，人人钻钱眼，绕钱转，把社会上一切关系都纳入经济关系，金钱关系，利益关系。为了钱，不择手段，偷盗横行，贿赂成风，丑恶现象沉渣泛起。钱是赚到了，但班子不合，党风不正，为官不廉，个人品行不端，问题堆积如山，有经济效益而无社会效益，政绩乎？

因此，衡量政绩，要分析它同一个地区或单位长远与眼前、局部与全局、经济效益和社会效益之间的联系，此乃其三。

政绩者，从政业绩也。它不仅仅是一个干部在本职岗位上履行职责的绩效，而应当有更高的层次。仅仅完成任务，只是称职的表现，如果工作任务都欠账，那就应像"南郭先生"那样自觉地、悄悄地卷铺盖走路了。因此，政绩不能同完成任务画等号。

1993年

现代企业制度与企业领导人员评价

建立现代企业制度，完善法人治理结构，实现"产权明晰，政企分开，责任明确，管理科学"是国有企业改革的目标。实现这样一个目标，离不开一支素质优良、数量充足的企业家队伍。客观地说，当前企业家队伍、经营管理人才，同我国经济发展的要求还不相适应。这里既有人才数量不足的问题，也有素质不高的问题，还有长期以来我们对领导干部评价标准和观念问题。千百万管理人员套用一个标准，共用党政干部评价体系，缺乏分类管理、绩效考核、科学评价的方法。一方面是企业经营管理人才资源不足，另一方面是评价人才体系缺乏科学性而造成的浪费。因此，建立现代企业制度，必须在企业领导人员管理和评价上更新观念。

如何评价班子团结。团结就是力量，团结出向心力、凝聚力、战斗力。毫无疑问，领导班子团结、维护班子团结是评价一个班子整体素质和领导干部个体素质的重要指标。问题是什么叫团结。毛泽东曾经说过，我们主张积极的思想斗争，因为它是达到党内团结的重要途径。他反对一团和气不讲原则的团结。主张在马克思主义原则基础上的团结。因此，一个班子，研究工作时一个声音，没有不同意见不叫团结。一把手的主张，大家齐声附和，不叫团结。慑于班长的权威和面子，欲将言而嗫嚅，把一些真知灼见放在肚皮里，不叫团结。特别是企业领导班子，按照现代企业制度的要求，是一个相互制衡、相互约束、共同促进、一同对出资人负责的机制。现代企业中的董事会、监事会、党委会、经理层，相互监督，互相制约，通过各种不同主张和观点争论磨合，去伪存真，去粗取精，求同存异，共同维护股东的利益，从而保证企业沿着既定目标前进。应当说，这种体制本身就是一种保护和提倡争论的体制。正是这种机制作为内在动力，使一些世界有名的大公司能够自如驾驭市场，正确决策，果断投资，一步步把企业做强、做大，使之基业稳固，长盛不衰。如果我们以传统的观点来评价这样的领导班子内部的各种摩擦和争论，很可能得出这个班子不团结的结论，并以此为由而调整企业的领导班子，这可能就会毁掉一个企业。所以评价现代企业制度下的领导班子，不能看是否有争论，是否有不同意见，而要看争论的出发点和落脚点，争论的结果是否能做出正确的决策。一个企业的领导班子，在一些重大问题决策时，没有激烈的思想交锋，没有各种不同主张的激荡和碰撞，没有各种独辟蹊径的解决方案的比较筛选，而是"一致赞同""全票通过"，这样的班子要做出科学决策是困难的，这样的企业要在激烈竞争的市场上立于不败之地是不可能的。

如何评价企业领导人员的政治素质。政治素质包括政治立场、政治观点、理论素养、政策观念、党性观念、思想作风，包括其人生观、价值观、道德观。是领导人员德的集中体现，是干部综合素质的灵魂。选拔培养国有企业领导人员，不重视政治素质不行，不考察德的水准不行。问题是如何衡量和评价领导人员的政治素质。

传统的考察评价方法，看重考察对象学习政治理论的情况，在重大政治问题上的立场和态度，执行党的路线方针政策的表现等，这些当然都是必要的。企业是社会经济生活的细胞，是每日每时都得运转的经济实体。一个企业的领导人不学习政治理论，没有相应的思想理论修养，会在政治上迷失方向。但考察企业领导人员的政治理论素养不能看其读了多少经典著作，写了多少读书笔记。一个政治素养高的领导人不一定是一个优秀的企业家。企业领导人员要有组织观念，但更要有对企业发展规律的正确把握。否则在政企分工还不规范的环境中，常常会屈于政府的干预而干一些背离企业的利益目标的事。企业领导人要有政策观念，灵活自如地用足同本企业有关的各项政策，为企业发展服务。但政策是一条线，或是管一片。企业只是这条线或这一片上的一个点。企业领导人要把握的是自己这个点能在政策的规范中活动。至于把握整个政策的执行则不是企业家而是党政领导的责任。企业家践行"三个代表"重要思想，表现自己的政治素质，在于如何把全部的热情和精力，倾注到把企业生产经营搞好。企业发展了，国家税收多了，职工收入增加了，经济效益、社会效益都提高了，是企业家最重要的政治素质，是检验企业家践行"三个代表"重要思想的重要标准。说到底，企业家的政治素质要在企业发展的实践中考验。他在学习上再刻苦，政治上再敏感、坚定，组织观念再强，可他经营的企业却始终走不出困境，对国家没有贡献，职工生活长期得不到改善，这样的政治素质再高又有何益。

如何评价企业领导人的政绩。政绩是企业领导人员综合素质的物化成果，凭业绩决定企业经营者取舍，能者上，庸者让，大浪淘沙，保持企业用人机制竞争状态，对企业发展具有决定性的意义。但是，由于没有科学的业绩评价体系，什么是政绩，如何评价政绩，这些年被弄得眼花缭乱。不少"南郭先生"趁机渔利，汗牛充栋，掺杂使假，政绩其外，败绩其中。缘此捞了不少好处，凭假绩、虚绩青云直上。

政绩有潜绩与显绩之分，有德绩与败绩之分。就企业而言，能通过努力把有潜力的企业搞活是政绩，能及时让没有希望的企业破产退出同样是政绩。

有的企业领导人为政绩而造政绩，净干一些显山露水的事，少提折旧多做利润，减少投入多发奖金，放着产品研发、市场开发、人才战略这样一些关系企业核心竞争力的重大问题不管，导致企业后劲不足，未来前景堪忧。

有的追求政绩的动机不纯，搞歪门邪道，钻政策空子，违规经营，不讲社会效益，生产假冒伪劣产品，坑蒙拐骗，发不义之财，企业获得了一时繁荣，职工也获得了眼前的利益。但坑了国家，害了集体，也毁了企业的声誉，损害了企业的长远利益。

也有的搞假政绩，报表上的销售额，庆功会上的利润，暂付款、三角债、死账、呆账，都是业绩，全记上。愚弄股民，欺骗上级，一任的政绩，几届的包袱。

当然，评价企业领导人员政绩，还有个企业成长周期、市场环境问题，处于成长期的企业与处于衰退期的企业，获得同样的效益而企业付出的劳动是不等同的。市场环境、政策环境的不同，评价企业家的业绩应是有所区别的。

2004年1月27日，春节

科学发展观与国有产权管理

在市场经济的条件下, 企业国有产权是个所有制的概念, 又是个商品的概念。如何用科学发展观指导国有产权管理, 推进产权流动, 使国有产权在流动中增值、放大, 实现科学配置, 合理流动, 保值增值, 增强国有经济在国民经济中的活力、影响力、控制力, 是国民经济发展的重大理论问题, 也是国资监管工作必须回答的实践问题。

(一) 科学发展观的第一要义是产权管理的根本目标

科学发展观第一要义是发展, 国有产权管理的根本目标也是发展, 通过不断发展, 使国有经济在国民经济中保持活力、影响力、控制力。这对国有产权管理提出了很高的要求。

第一, 要在产业发展方向上发挥引领作用。在社会主义初级阶段, 国家实行公有制为主体、多种经济成分共同发展的基本经济制度, 发挥市场在配置社会资源的基础性作用。在这种条件下, 由于追逐利润的本性和信息不对称等原因, 各类投资主体的投资冲动和投资行为, 常常同国家的宏观产业政策相悖, 造成重复建设、浪费资源甚至市场失灵。在这种情况下, 国有产权管理, 在考虑结构布局、资源配置时, 就必须认真贯彻国家的宏观产业政策, 在发展方向上发挥引领作用, 为其他各类投资者做出表率。产权管理部门，要在工作中帮助和约束企业，把资金、技术和其他生产要素，投入到国家支持和鼓励发展的产业，退出过热、过剩产业，遏制不合理的投资冲动。

第二，要在速度上凸显增值放大、裂变扩张的示范作用。在发展的过程中，国有资产、国有企业积累了一定的基础，管理规范，人才集中，又大多处于资源优势领域。具备加快发展的条件和能力，完全应当在新一轮发展中发挥示范作用。

国有产权要发挥在发展速度上的示范作用，就要充分利用好两个市场，即资本市场、产权市场。使资源资本化，资本证券化，利用证券市场使资本迅速增值放大，是现代企业家做大做强企业、实现企业裂变扩张的最有效的方法。国有企业要加快股份制改造步伐，使更多的企业上市融资。同时，通过资产注入、增资扩股、定向增发，不断把上市公司做大做强。要大力培养上市公司后备资源，提高国有股权证券化的比重。国有产权管理还要利用好产权市场。要尊重产权的商品属性，充分认识产权市场发现价格、发现价值、发现买主的功能。不断优化企业的生产要素，实现企业资产、资本扩张。

第三，在发展质量上起到"又好又快"的表率作用。国有企业要带头探索投入小、质量好、能耗低、污染少的发展路子。要带头搞好管理创新、产品创新、技术创新，发展那些科技含量高、附加值高的产业和产品，加大科技投入，加强科技创新。节约用地，集约经营，节能减排，以最少的投入，最低的能耗，换取最好的效益。

（二）科学发展观的基本要求是国有产权流动必须坚持的方向

科学发展观的基本要求是全面协调可持续发展。协调，是一种平

衡，是一种系统结构优化，是一种共生共荣的生态状况。发展必须统筹
兼顾，统筹城乡发展，统筹区域发展，统筹经济与社会发展，统筹经济内
部各门类间的发展等等。

国有产权的管理，一个重要目标就是要让它流动起来，通过证券市
场、产权市场，使各类产权有效配置到各部门中去，实现全面协调、可持
续发展。同时，遵循国家宏观调控政策，自觉地服从全局的协调和平衡。
这就要求国有产权的管理者，审时度势，顾全大局，坚持维护国家利益，
处理好国家利益和企业利益间的关系。

促进国有产权流动，从产权所有者的角度看，目前最大的障碍依然
是观念问题。需要进一步解放思想，克服所有制问题上求大、求全、求纯
的观念。国有产权流转的结果，必然使一部分国有产权流向其他经济成
分，使国有经济规模在一定历史时期有所收缩。是抱着规模而牺牲效率，
还是追求效率而主动放弃规模？有个如何算账的问题，更有个解放思想、
转变观念的问题。

促进国有产权流动，从各级产权管理者代表来说，是要进一步克服
怕失位、失权、失控的问题。我国国有产权由各级政府分别代表国家履行
出资人职责，实行委托代理，从各级政府到国资委、到企业领导人，形成
了一个委托代理链条。因此，在这个链条的终端是企业管理者，国有产权
流动与他们的利益息息相关。无论如何，做大做强企业，既是发展的冲
动，也是自身生存的需要。主动把手中的产权，转让给别的企业甚至是民
营企业，有情感问题，也有实际问题。丢失了控制权，企业领导者的职位
和管理者的权力也就不复存在了。这些问题，是阻碍国有产权流转、优化
配置的深层问题。解决这个问题，一方面要求国有企业领导人员顾全大
局，为国有产权合理流动、优化配置而舍得牺牲个人利益。另一方面，各

级组织要对重组改制国有企业领导人员给予政治上、生活上的关心，解决他们的后顾之忧。

（三）科学发展观的核心是产权管理不可偏废的原则

科学发展观的核心是以人为本。发展为了人民，发展依靠人民，发展成果由人民共享。这充分体现了中国共产党人的价值观，体现了党同人民群众的血肉联系，体现了党全心全意为人民服务的根本宗旨。

国有产权管理必须贯彻和体现以人为本的思想，体现发展成果由人民共享的精神。现存的国有产权，其原始投入是国家和地方政府出资的。但这些产权经历了不断增值放大的过程，始终凝结着企业广大职工的心血和汗水，或者已经于国家原始投入几十倍、几百倍地以税收和利润的形式上交给了各级财政，现在以产权形式存在的国家股权，都是企业和职工劳动贡献的凝结。国有企业的职工，有的一家人甚至几代人的身家性命都同这部分产权捆绑在一起，形成了利益相连、生存相依的共同体。所以，产权管理部门在处理产权的过程中，在企业改制重组、兼并破产、资产处置、流动变现的时候，必须充分考虑职工的利益不受侵犯。变现产权收入必须优先安置好职工，确保职工的正常生活不因产权变更而受影响，正当利益不因此受侵犯。尤其是困难企业、破产企业的产权处置，一定要充满关爱之心，站在职工的立场，设身处地为他们着想。而不能以"甩包袱""减负担""买断"的心态来处理这类产权。

2010年

防止政治上腐败是党面临的现实课题

中国共产党是一个具有严格纪律的政治组织，始终代表中国先进生产力的发展要求、中国先进文化的前进方向、中国最广大人民的根本利益。但是，近年来揭露的党内大量违法违纪案件，为我们提出了一个严肃的问题：防止政治上腐败是党面临的现实课题。

所谓政治腐败，指的是政治生活领域的腐败现象。是相对于经济、文化、行业腐败而言的，主要反映在思想意识、政治纪律、组织原则等方面。概括起来，其主要表现有：

思想上蜕变。作为党员干部，尤其是一些高级领导干部，本应抱定为共产主义事业奋斗终生的信念。然而，有的党员干部，怀疑红旗到底能打多久，在一些人中出现了信仰危机。他们同党离心离德，或者口头上坚信共产主义，心底里怀疑、观望，行动上留条后路；或者一家两制，千方百计把子女送到国外，把存款存到境外；或者怀揣个人护照，随时准备"三十六计，走为上计"。

吏治腐败。近年来，少数地方、少数单位的内部，旧官场那套没落腐朽的沉渣再度泛起，尔虞我诈、买官卖官之类的丑闻也屡见报端。有买官的就有卖官的，有要官的就有给官的，诸如此类，被群众称为最大的腐败。

政策与"对策"。模范执行党的各项政策，动员人民群众去实现党的主张，是党员干部的应尽职责。但是一些共产党员和基层组织，为了局部、眼前的利益，自觉不自觉地搞"上有政策，下有对策"，或者将政策置于一边，充耳不闻，我行我素；或者采取实用主义的态度，断章取义，各取所需，合意的就执行，不合意的就不执行。

司法不公。"依法治国，是党领导人民治理国家的基本方略。"但在司法实践中，执法不公、执法不严的现象仍然存在。所谓"吃完原告吃被告，吃得法律乱了套"，属于空穴来风，人民群众对此深恶痛绝。

江泽民同志指出："官吏腐败，司法腐败是最大的腐败，是滋生和助长其他腐败的重要原因。"政治腐败既然是其他腐败的源头，就必须把它列为防患和打击的重点。要采取教育、防范、查处等综合手段，多管齐下，解决好政治腐败问题。

——经常不断地对党员干部进行思想政治教育。政治腐败现象，尽管表现形式不一，但从根本上说来，就是党员干部的政治观念、政治立场、政治方向、政治纪律出了问题，党性出了问题。因此，必须经常不断地对党员干部进行党性教育，进行全心全意为人民服务的宗旨教育，进行党的政治纪律教育。

——及时清除那些政治腐败分子，纯洁党的队伍。查处整治腐败案件，一要从快，二要从严。现在腐败案件接二连三，层出不穷，一些腐败分子肆无忌惮，"前腐后继"，一个根本原因就是腐败犯罪的成本太低，使他们敢于铤而走险，顶风作案。由于政治纪律的松弛，人情网、关系网的障碍，查处一人，牵动一片，说情者一拥而上，往往查处的案件不了了之，或者重罚轻判使犯罪分子痛苦一阵子，享受一辈子。因此，必须从严治"腐"，才能以儆效尤。

——严格党内各种生活制度，从制度上防患于未然。通过制度建设，把遏制政治腐败案件的关口前移。例如一些揭露出来的高级干部受贿案件，数额巨大，触目惊心。他们政治上同党离心离德，经济上贪得无厌，生活上腐化堕落。这样一些五毒俱全的腐败分子，是怎样走上重要领导岗位的？是怎样提拔起来的？谁推荐的？谁考察的？日常的监督又到哪里去了？都值得认真反思。

2000年5月

社会和谐的断想

根据科学发展观的要求，党的十七大部署了构建社会主义和谐社会的新任务，得到了全党全国人民的衷心拥护。人们谈和谐、议和谐、身体力行求和谐。

"和谐"一词，成为时代的最强音，是社会文明的重大进步。

构建和谐社会的内容丰富，涉及政治、经济、社会、文化、自然、意识形态等诸多方面，绝非一日之功，决不可一蹴而就。

一

社会和谐，首先要有公平、正义作保证。俗话说，不平则鸣。大量的事实证明，社会公平得不到保证，常常还不仅仅是发生"鸣"的问题，而是引发社会矛盾，酿成群体事件，危害社会稳定，直接破坏和谐。

社会群体之间的分配不公，收入差别扩大，社会发展的成果没能够使全体社会成员共享，造成利益上、心理上不平衡，引发利益群体之间的矛盾；由于社会财富分配不公，贫富差距的扩大，"朱门酒肉臭，路有冻死骨"，于是，偷盗抢劫、杀人越货等恶性案件始终居高不下；由于权钱交易，权力寻租，少数人可以不必通过劳动、奋斗，就能大量地占有社会财富，于是上访的队伍始终络绎不绝；由于行业、司法腐败，"衙门八字开，有理无钱莫进来"尽管是个别现象，但正义蒙受的羞辱却是强烈的；社会正义和道德的流失，反过来加剧了社会稳定的难度，提高了社会管理的成本。

实现社会和谐，至关重要的是社会财富二次分配的公平，社会公共资源使用的公平。同时要有正义的力量为公平保驾护航。如果不在实现公平正义上下功夫，任何求和谐的手段都不过是缘木求鱼，扬汤止沸。

二

求和谐不能掩盖矛盾。

世界是矛盾的，矛盾存在一切事物之中，存在事物的全部过程中。伟人说，"没有矛盾就没有世界"。

"矛盾"同"和谐"背道而驰。

如此说来，和谐不是空中楼阁？不是！

为求和谐而掩盖矛盾是掩耳盗铃。敢于揭露矛盾，以高超技能科学地、不断地化解矛盾，防止矛盾不断集聚和激化，使社会维持在和谐的状态，是构建和谐社会必备的素质和基本能力。

为了昭示政绩，想方设法掩盖发展中的问题；津津乐道增长速度，避而不谈发展的质量和效益；沉醉于眼下的收益，而不愿正视所付出的环境和资源代价；热衷于给富裕了的"一部分"锦上添花，而不愿意给依然困难的那"一部分"雪中送炭。满以为增长了就"政通人和"了，天下太平了，就"莺歌燕舞"了，以为增长了就是发展了，其实不过在给和谐安放定时炸弹而已。

不愿意揭露自己"一亩三分地"上的腐败现象，担心树立更多的对立面，担心过多地暴露阴暗面，担心给本地区形象造成负面影响。其结果是腐败分子胆大妄为，腐败现象屡禁不止，人民群众深恶痛绝，社会矛盾集聚，经济和社会发展因此受到严重制约，离和谐的目标越走越远。

三

和谐需要宽容，"和而不同"。

和谐首先是一种胸怀，一种气量。"大肚能容，容天下难容之事"。

社会发展，从一定意义上说，"多元"是个方向。

原始社会，刀耕火种、饮血茹毛的社会很单一，很简单。可社会不能永远停留在那个时代。

政治、经济、思想、文化，观念、意识，都由简单变复杂，由一元到多元。可以说，一个社会，一种声音，一个腔调，步调一致，言行一致的时代慢慢远去。

作为社会管理者，必须适应这种变化，要有宽广的胸怀，海纳百川，求同存异。正确对待社会各种思想文化的激荡，正确处理各种"异端邪说"，和谐要有容人、容事的雅量。小肚鸡肠的人想在自己的"一亩三分地"上，营造和谐的苗圃，那是自欺欺人。

社会是人构成的，人是鲜活的。不同的性格、不同的爱好、不同的思想、不同的观念、不同的学识，如同人们有着不同的长相，穿着不同的衣服一样。正是许许多多的不同，使社会丰富多彩，生动活泼，充满活力和创造力，推动社会不断发展进步。对于人们不同的认识、不同的观点、不同的主张，社会管理者的责任是以正确的思想引导舆论，引领潮流。对于不同的声音，只要它不触犯法律，不妨碍社会，不危及他人，就应当允许其存在，而不是一律"封杀"。

以正确的舆论消化、争取甚至转化不同的观点和主张是本领，简单地

"封杀"是十足的无能。

四

构建和谐社会一定要摒弃"文革思维"。

"文革思维"的最大特点是"政治敏锐",能从现实生活任何蛛丝马迹的现象中分析出"阶级斗争新动向"。尤其对文化艺术和意识形态的灵敏度,有狗鼻子般的嗅觉,高度敏感。画家画了一只昂头翘尾的大公鸡,有人就分析它有骄傲自大的毛病,因为"虚心使人进步"。似乎社会主义的"鸡"只能是低着头,拖着尾,只能是一副没能摆脱贫困甚至犯了"禽流感"的病态;摄影家拍了一幅乌云密布的照片,被说成是为社会主义抹黑,企图变天;作家自然也不能把坏人写得太像人,那叫为阶级敌人"鸣冤叫屈"。

支撑"文革思维"的理论基础是"斗争哲学"。斗则进,不斗则退。所以同天斗,同地斗,同人斗,其乐无穷

你说这样的日子叫人咋过!

这样的思维环境中还能找到和谐的气氛?

和谐社会,同"文革思维"格格不入,同斗争哲学格格不入。有"文革思维"就不会有和谐社会。

"文革思维"不仅仅存在经历过"文革"的人头脑中,也不仅仅存在民众的头脑中,它常常像阴魂一样游荡在一些人的政治生活中。

或许,它的确是实现某些利益的好武器。

2007年

槟榔传说、槟榔产业及槟榔文化

一

十年前去台湾考察旅游，日月潭的碧波晶莹、幽雅宁静，阿里山的林木葱翠、风光绮丽，大鲁阁的雄奇险峻、鬼斧神工，无不留下难忘的记忆，至今历历在目。

然而，让我最不能忘怀的还有关于槟榔的故事。槟榔的传说，有好几个版本。导游给我的版本，故事委婉、悲壮、凄惨——

相传很久以前，兄弟二人爱上了同一个姑娘，为此而魂不守舍、痛不欲生。兄长为成全弟弟，毅然挣脱绵绵情网，离家出走，浪迹天涯。爱的折磨，流浪的艰辛，终于让他一命呜呼，亡身于外。弟弟得知哥哥出走的原因之后，四处寻找，不见踪迹。千辛万苦、费尽心机，最后找到了哥哥的坟墓。坟头上已经长出了一棵树，并且结出一种青涩的果子。弟弟从此为哥哥守坟墓，一辈子不离不弃，最终成为坟边的一块化石。兄弟俩所爱的姑娘听说后，悲痛欲绝，自尽在树和化石之间，化作一种藤蔓，叫蒌叶。正因为如此，现在人们嚼食槟榔，都要采一片蒌叶，涂抹上石灰，然后包上槟榔子放在嘴里嚼食，流出血红的果汁，咽下后，立即面颊红润、提神驱寒，热血沸腾，豪情万丈。常吃槟榔者，三九寒天，只需衬衫就可以御寒。也因长期食用，嘴唇变红，牙齿发黑。所以，好食槟榔者也称"红唇族"。在台湾，男女相爱定亲，举行婚宴庆典，槟榔是一道必备"菜肴"。既表示主人热情好客，又寓意新人彼此忠贞不渝。

近代医学研究，也发现食用槟榔的副作用，认为长期食用槟榔会引发口腔癌、高血压、心血管等疾病。因此，在台北，除了类似货车司机等一些"劳力者"外，一般"劳心者"和"白领"，对于槟榔大都敬而远之。

二

不知是因为动人的爱情故事，还是槟榔的药效功能。尽管有"槟榔致癌"的研究发现，但在台湾，从两千五百年前开始就有吃槟榔的习惯。时至今日，"红唇族"繁衍发展，生生不息。有人统计：台湾的槟榔种植面积，已由二十年前的五千多公顷，扩大到目前的四万多公顷，年产量高达十三万吨。已有超过稻米、甘蔗成为台湾第一大农产品的趋势。台湾两千多万人口，依赖槟榔生产、销售而维持生计的人口达五百万之众。槟榔摊贩多达五十万个。槟榔毫无悬念地成为台湾农业的拳头产品，成为台湾经济不可或缺的产业。由于岛内竞争激烈，台湾槟榔已经登陆大陆市场。仅在福建泉州登陆的台湾槟榔，2009年就达一百三十多吨，货值二十二万美金。种槟榔，卖槟榔，吃槟榔，早就形成了一个槟榔生产、消费的产业链。

有产业就有竞争，竞争，就打开了"潘多拉盒子"。商家绞尽脑汁、使尽浑身解数，拿出十八般武艺，扩大自己的地盘，抢占对手的市场份额。明的、暗的，阴招、阳谋，黑道、白道统统使上了。最后，"黔驴技穷"了，于是乎，还是使上了传统武器中的撒手锏——"美人计"。一个个槟榔摊点上，清一色站着年轻漂亮的女子，穿得大胆暴露，从三点式到丁字裤，少得不能再少了，人称"槟榔西施"。一场血腥的槟榔市场竞争，竟然演变成女人间的色相比拼，演变成女人裸露尺度的比赛。比拼的结果是色相同槟榔一起出卖，并由此引发恶性治安案件。"槟榔西施"的装束，吸引来往汽车司机的眼球，还常常发生车翻人亡的恶性交通事故。槟榔行业竞争，招至黑社会染指。"槟榔西施"喋血事件也时有发生。于是乎，警察出面了，政府也牵扯进来了。2002年，台北市首先发表有关"槟榔西施"的"若干生活准则"。明令禁止"槟榔西施"穿戴不得过分暴露，否则以妨害风化论处云云。至此，"槟榔"问题，已经不是一个商品问题，不是一个产业问题，而成为一个社会问题，甚至衍生成一种文化现象。

三

人类社会生产的发展进步，是经历过一系列重大飞跃而实现的。就物质产品而言，由产品变为商品是一次跳跃，而由商品衍生成文化，又是一个次质的飞跃。

台湾槟榔产业发展到今天，无疑完成了这种质的飞跃。这种飞跃，源于槟榔，贯穿于槟榔生产、销售各个环节，围绕"槟榔西施"做文章，实现扩大销售、抢占市场份额的目标，衍生出一种独特的理念、意识乃至文化现象。槟榔从产品进入流通之后，就有独特的销售场所，独特的营销渠道，独特的推销手段，独特的推销员服饰，甚至独特的消费对象，进而形成一种独特的文化现象。在台湾，不少人都认为"槟榔西施"是台湾旅游的一张靓丽名片。在上海的台商举办庙会时，也把它作为一个亮点。也许有正人君子斥责："此种文化现象格调低下！"可是，无论它是高尚还是低下，它确实存在，确实生生不息，顽强地生存着。

当年，我们乘车游走于台湾的乡村集镇、县市街边、镇公路两旁，每隔三五公里甚至几百米，就能看见一个个槟榔摊点，一律玻璃透明的小屋，屋里或站或坐着几乎全身赤裸的槟榔西施，搔首弄姿，招徕顾客。每当夜幕降临，玻璃屋内亮起橘黄色、粉红色的灯光，"槟榔西施"暧昧的神情，玻璃屋内暧昧的灯光，似乎都在向路人表达着什么。

为了适应日益激烈的竞争，槟榔摊主不惜把自家最漂亮的姑娘推到台前。自家漂亮姑娘"缺货"，那也不要紧。有专门的"猎头公司"备有"存货"，你只要花高价雇佣就行了。

人靠衣装马靠鞍。有了姑娘，有了漂亮脸蛋还不够，还要有与之配套的服饰。而"槟榔西施"的服饰是时装展上看不到、买不来的。必须专门设计、制作。于是有人便把功夫下到"槟榔西施"的服饰上。服装商为她们设计了大胆暴露、薄如蝉翼、性感强烈的服饰。而且春夏秋冬，每季推出一款。为了市场，为了销售，槟榔摊主再怎么囊中羞涩，这服饰钱也得花，否则槟榔卖不出去。

四

槟榔就是这样，从产品到商品，从特别的销售场所、特别的推销手段到特别的消费对象，延伸至"槟榔西施"的长相、服饰，再到政府和社会的影响，形成了一道独特的文化现象。于是，我想到了企业家常挂在嘴边的"企业文化"。我考察过一些企业，董事长、总经理指着用霓虹灯装饰过的高悬在办公大楼上的大字说，这是我们的企业文化——"拼搏、创新、效率"，或者是"开拓、敬业、求实"，或者是"诚信、道德、责任"之类。还有把文体活动作为企业文化建设，诸如职工文艺演出、体育比赛之类。我琢磨：如果企业文化建设是这样，写上几个大字，出几台节目，搞几场比赛，那什么企业都可以潇洒地"文化"一把，这不是太难的事。

于是我找来教科书，书上的解释是：企业文化是企业在生产经营实践中逐步形成的、为全体员工认同并遵守的、带有本组织特点的使命、愿景、宗旨、精神、价值观和经验理念，以及这些理念在生产经营实践、管理制度、员工行为方式与企业对外形象的体现的总和。这个释义，读起来就让人喘不过气，足见企业文化建设之艰辛、复杂。

著名作家梁晓声说，文化可以用四句话表达：根植于内心的修养；无须提醒的自觉；以约束为前提的自由；为别人着想的善良。

我揣摩：企业文化的形成，是一个团队长期探索、总结、积淀的价值取向。它应当包含企业的经营思想、品牌理念、员工精神、商业模式、竞争态度等。不是今天注册一个企业，明天就能竖起"文化大旗"。这种文化，只是文字，充其量是"口号"而已。企业文化也许需要"开拓"，需要"拼搏"，需要"创新"，但仅有这些是远远不够的。

企业文化的内核是理念、价值观、精神、经验的不断提炼和不断升华。一个产品、一个产业、一个企业向一种文化的华丽转身，是一个物质形态向意识形态的转换过程，需要长期总结、提炼、沉积。绝非一朝一夕之功，是一个艰苦卓绝甚至脱胎换骨的过程。

企业文化充满着鲜活的个性。爱马仕、LV折射的就是一种奢侈生活，奢侈文化。台湾槟榔业外溢的也许是一种灰色文化。但无论它品位高低贵贱，都是我们创建企业文化可以借鉴的。

当然，借鉴不是允许"盗版"，不是抄袭，不是简单复制，任何"拿来主义"都会闹出笑话的。

2012年

我的产权观

——大江网记者采访答问

张启元：网友们好，主持人好！非常感谢大江网给我这样一个机会，同网友们一起交流国有产权的话题。作为一个老网民，作为省国资委分管产权工作的领导，用在线交流的方式，与网友们共同讨论产权制度改革，实现国有资产保值增值的问题感到很高兴。我感谢网民朋友对国有产权管理工作的关心！

大家也许关注到，进入六月份以来，国有企业改革的温度像南昌的气温一样，一天比一天高。省委、省政府领导，就国有企业改革问题发表了一系列重要讲话，并且身体力行，调查研究，亲自解决国企改革中的重大问题。要求用两年的时间基本完成国有企业改革任务。这是省委、省政府立足省情做出的重大部署，是深入学习实践科学发展观必须面对的重大课题、必须破解的难题。

最近，全省人民都在认真学习贯彻胡锦涛同志对江西工作的批示，批示对省委省政府应对金融危机所取得的成绩给予充分肯定，同时要求我们把保增长同调结构、促改革结合起来。这完全符合江西的实际情况。国有企业改革，是整个经济体制改革的重要组成部分。改革的目的是要适应社会主义市场经济体制的要求，推进公司制股份制改革，实现投资主体多元化；以现代产权制度为基础，发展混合所有制经济；建立现代企业制度，使企业真正成为市场主体；有进有退，优化国有经济布局和结构，不断增强国有经济的活力、控制力和影响力。大家一定注意到：投资主体多元化也好，发展混合所有制经济也好，优化国有经济布局结构也好，都是围绕着国有产权变动展开的。有人说，市场经济的基础是清晰的产权自由流动。所以，这一轮国企改革，核心是企业国有产权的进退流转。我期待着，通过这次交流活动，能够有助于全社会进一步树立产权观念、增强产权意识，有更多的人来关心国有产权问题，关心国有资产营运效益和效率问题；有助于广大网友和全社会了解、关心、支持国有企业改革，帮助和监督我们切实做好企业国有产权管理工作。

（1）主持人：从你刚才的介绍中，我们感到企业国有产权管理的重要性。同时也看到这一轮国企改革中，国有产权管理部门承担着重要责任。网民都注意到，省委省政府把深化国企改革作为学习实践科学发展观必须面对的重大课题和必须破解的难题，那么，在国有企业改革中，如何用科学发展观来指导企业国有产权管理实践呢？

张：这个问题提得非常好，很有现实意义。如何用科学发展观指导国有产权管理，正是我们要认真解决好的理论和实践问题。我曾在7月22日《江西日报》发表过一篇文章，专门就这个问题谈了我的体会。我认为，坚持以科学发展观指导国有产权管理，前提是要深刻理解科学发展观的精神实质。

科学发展观的"第一要义"是发展，这正是产权管理的根本目标。在发展上，国有产权管理要发挥好引领作用、示范作用、表率作用。

所谓引领作用，就是在产业发展方向上，国有产权管理要指导企业把资金、技术以及其他生产要素投入到国家支持和鼓励发展的产业，退出过热、过剩和处于劣势的产业，遏制不合理的投资冲动。追逐利润最大化是企业的天性，但国有企业既要这种有"天性"，还要有顾全大局、维护国家整体利益的理性。

所谓示范作用，就是在发展速度上，国有产权管理要充分利用好自身的优势，整合资源，利用资本市场和产权交易市场，使资源资本化、资本证券化，凸显增值放大、裂变扩张的示范作用。

所谓表率作用，就是在发展质量上，国有产权管理要按照"又好又快"的要求，带头探索投入少、质量好、能耗低、污染少的发展路子，带头搞好管理创新、产品创新、技术创新。进而带动全社会科学技术进步。

科学发展观的"基本要求"是全面协调可持续，这也是产权管理必须坚持的方向。国有产权管理的一个重要目标，就是要让产权有序流动起来，优化配置，实现协调、可持续发展。同时，要遵循国家宏观调控政策，自觉服从全局的协调平衡。这就要求国有产权的管理者审时度势，顾全大局，坚持维护国家利益，处理好国家、企业利益之间关系。

科学发展观的"核心"是以人为本，这也是产权管理不可偏废的原则。国有产权管理必须贯彻和体现以人为本的思想，体现发展为了人民、发展依靠人民、发展成果由人民共享的精神。现存的国有产权，其原始投入是国家和地方政府出资的，这些产权不断增值放大的过程，始终凝结着企业广大职工的心血和汗水。所以，在企业改制重组、兼并破产的时候，必须充分考虑职工的合法利益不受侵犯，变现收入必须依法依规、按照政策优先用来安置好职工，确保职工的正常生活不因产权变更而受影响，正当利益不受侵犯。落实到具体产权管理实践上，我认为，一是要解放思想。要在公有制实现形式上敢于实践创新，积极鼓励和支持国有产权向一切高效率、高效益的领域和部门流动，以优化配置为标准，以资产运行效率和效益为目标，促进国有产权顺畅、有序、安全流转。要在政企分开、培育市场上下功夫，减少对市场、对产权交易的干预，把国有产权的流动交给市场，让市场能动、自主地扮演起优化配置资源的角色。要更新产权管理观念，不能满足于静态地、被动地保护，而是要在促进产权流动上下功夫，通过流动促进生产要素优化配置，实现国有经济布局结构调整，确保国有资产在流动中保值增值。

二是要创新方法，加强国有产权流转全过程的监管。从产权登记、评估、交易行为、交易结果等各个环节进行依法监管，关口前移，不满足于事后检查。要突出监督重点，加强对上市公司的国有股权监管。按照国有经济布局和结构战略性调整的要求，推动国有股东所持上市公司股份有序流转，利用资本市场的功能，增资扩股、整体上市，整合上市公司资源，进一步做强、做优上市公司。形成"主营业务突出、板块归属清晰"的发展模式。此外，还要进一步加强对混合所有制企业的国有股权以及境外国有产权的监管。

（2）主持人：我省国有企业改革目前正进入攻坚克难的关键时刻。我们知道，国有企业改革的方向是适应市场经济体制的要求，建立现代企业制度，使企业成为真正的市场主体。这包括要实现投资主体多元化、发展混合所有制经济等等。你可否为网友们介绍一下，国有产权管理在国企改革中处于什么样的位置，以及如何服务于国企改革的问题？

张：我觉得可以用一个词来概括产权管理工作在整个国企改革中所

处的位置，那就是"基础"。产权管理工作是国企改革和国有经济布局结构调整的基础性工作。党的十七大提出要以现代产权制度为基础，发展混合所有制经济，推进公司制股份制改革。从这里我们可以看到：新一轮改革，产权问题处于中心地位、基础地位。公司制、股份制改革，发展混合所有制经济，把产权问题推到了矛盾的焦点上。过去搞国企改革，无论是放权让利，还是租赁承包，都没有触及产权这个核心，也就无法解决企业发展中的体制性、机制性障碍。以"归属清晰、权责明确、保护严格、流转顺畅"为特征的现代产权制度的提出，从理论与实践的层面上，较好地解决了政资不分和政企不分的弊端，实现了企业所有权与经营权的分离，而且通过产权有序流动，促进了资源的优化配置，加快了国有经济布局结构调整。因此，我们可以说，产权管理工作能否做好，直接关系到国企改革的成败，关系到国有经济布局结构的优化，关系到国有资产的保值增值。所以，服务、服从国企改革，是当前国有产权管理的首要任务。如何服从、服务改革，我认为要发挥好四个作用：

一是为国有资产结构布局调整发挥指导作用。主要是通过产权登记和产权界定工作，掌握国有产权的分布情况，为布局结构调整提供依据。省国资委成立后，花了两年多时间，组织力量对省属企业进行全面的产权登记，对一些企业有争议的产权进行了界定，并制订出台了有关《操作办法》。通过登记和界定，一方面解决了各出资监管企业资产权属不清问题，更主要是摸清了我省国有经济分布和结构，为布局结构优化服务。在新一轮国有企业改革中，我们要继续运用好这些成果，为省委省政府调整国有经济布局提供决策依据。

二是为维护国有资产安全、实现保值增值发挥保障作用。这主要是通过加强评估管理，为产权流动科学定价。国有企业改革的根本目的是要盘活国有资产，优化资源配置，使资产向关键领域、优势产业、优势企业集中。在这个过程中，无疑有大量的国有资产流动、重组。要使国有资产流动又不流失，一个重要环节就是对资产的价值进行评估认定。因此，对国有资产的评估管理就成了为维护国有资产权益、推动国有产权流动的重要制度保障。这几年，省国资委在这方面做了一些有益探索，所有兼并、重组、破产、退出、合资合作项目，都必须经过中介机构的评估定价，评估后净资产平均增值达百分之五十三。

三是在优化国有资产配置、促进国有产权有序流转、实现裂变扩张中发挥主导作用。在掌握国有产权分布的基础上，我们通过对资产收益的分析，对各类资产配置的效率和效益也就有了更多的话语权。也为我们优化配置、推动流转、实现裂变扩张提供了依据。我们主要借助于两个市场的作用，来推动国有产权的流动和裂变扩张，实现优化配置的。一个证券市场，一个是产权市场。

我们在全国率先完成了股权分置改革任务，对一些资产质量好的企业实行整体上市，努力提高资产证券化水平，提高企业资本市场融资能力。去年，我省上市公司发行债券，占全国债券融资额的百分之十。为企业应对金融危机发挥了重要作用。

对于非上市公司企业的产权流动，我们发挥产权交易机构的作用，要求除极少数符合场外转让的项目外，一律进产权交易市场竞价交易，用市场的功能来发现价格、发现买主。转让金额与评估值相比增值近百分之十。

四是在投资环节发挥保护国有产权的参谋作用。对外投资是国有企业资本扩张的重要手段，但决策不当、管理不严又常常造成国有资产流失。作为出资人，作为产权管理者，我们把加强对外投资的监管提上重要的议事日程，制订加强对外投资管理的办法和制度，督促企业建立对外投资的台账，切实加强管理。因工作失职造成投资损失的，要追究相关人员的责任。

（3）主持人：你刚才的介绍，给我们一个这样的印象：国有企业改革，实质是国有产权的进退流转，通过流转实现优化配置，实现保值增值。但网民中有一个概念：国有资产流动中常常发生流失的问题。甚至有很极端的说法："流转就意味着流失"，意思是说国有资产流失在国有产权流转过程中是不可避免的。您是如何看待这个问题的？作为出资人和国有产权的管理者，国资委如何在推进产权流转中确保不发生流失的问题？

张：这个问题要分两个方面来回答，一个是流动与流失的关系问题，一个是作为产权管理机构的国资委如何在推动产权流转而又保证不发生流失问题。

首先我说说我对流动与流失关系的看法：流动不等于流失，不流动也不能保证不流失；在流动中增值，实现资本"惊险的跳跃"，是产权管理的目标。流失不流失，关键在于工作。毋庸讳言，无论国有产权管理的实践还是媒体披露的典型案例中，都有一些流失的案例。但我认为这不是流动的罪过。如果认为流动就必然流失，甚至因噎废食，就必然出现"冰棍"现象。资产的营运效率和效益同样关系国有资产安全。同样一项资产，配置在甲企业是个宝，配置在乙企业则是草。有些资产因为配置不当，不能发挥效益，如果不流动重新配置，是极大的浪费。虽然账面值还在，但其价值早就不复存在了。像冰棍一样融化了，这难道就不是流失？所以，我们既要关注流动中的流失，也要关注因不流动造成的"隐性流失"。流动中可能发生的流失的风险，可以用加强监管、做好工作来克服，而静态的流失往往更容易忽视。

推动国企改制重组，不断优化国有经济布局结构调整，实现企业国有产权流动，实现资源的优化配置，提高资产的运营效率，始终是国资监管和产权管理工作第一位的任务。当然，国有产权在流动中确实有流失的风险，比如清产核资不严，财务审计不力，资产评估不实，虚构虚增成本，转移企业资产；或者产权转让不规范，不透明，低估贱卖国有资产；甚至内外勾结、隐匿转移、侵占私吞国有资产，造成了国有资产的流失。我认为：这些现象中除有的涉嫌故意犯罪之外，大多数都是可以通过努力工作来解决的。

下面我来回答你的第二个问题，就是省国资委在推动国有产权流转中，是如何加强监管、防止流动中的流失的？国资监管工作，经过几十年的实践，特别是国资委成立之后，摸索了很多成功的经验。归纳一下，我们有多道防线来保证国有资产在流动中不流失。

一是借助法规的力量来防止流失。坚持把依法办事作为产权管理的最高原则。出于建立现代产权制度的需要，国务院、国家部委就国有产权管理、流转出台了一系列的法律法规。我们结合省里的实际，先后制定下发了十多个配套规定，在产权监管主体、监管内容、监管方式等方面进行规范，这些制度、管理办法和实施细则的相继出台，对规范我省产权流转发挥着积极作用。产权管理工作从过去的行政管理转向依法依规管理轨道。

二是借助社会中介组织的力量来防止流失。所有产权转让，都必须请社会中介机构进行清产核资，财务审计，资产评估。中介机构站在公正的立场,依照一定的程序和规章,甚至数学模型对资产价值予以认定。对一些疑难项目,我们还要组织专家评审,充分听取各方面的意见之后再做决定。

三是借用社会公众的力量防止流失。所有产权流转项目,公开操作,公正透明,阳光作业。比如,对于企业资产评估,我们要求评估结果必须在资产所在地公示,接受企业员工监督。最了解资产价值的是运营这些资产的人,是企业的管理者和员工。我们要求所有国有产权转让项目必须进场交易,在产权交易市场披露信息,挂牌交易。支持省产权交易所牵头整合产权交易机构,形成全省统一的产权交易市场。对于极少数符合规定可以场外协议转让的,我们在"江西国资网"上定期公布,接受社会监督。我衷心希望在线的网民,通过今天的交流,多关注我们发布的产权交易项目信息,对我们的工作予以指导和监督

四是建立严格的内控机制防止流失。在企业和监管机构内部,建立严格的工作制度和操作流程。加大监管力度,实行产权转让全过程监管,除了有责任部门负责外,还要有具体责任人,分管领导签字画押,终身追究。重点是把好"五个关",即转让行为审批关、资产评估管理关、转让条件设置关、转让信息发布关、竞价方式选择关。

五是借助省政府有关职能部门的力量防止流失。我们主动联合监察、工商、财政等部门,经常对国有产权交易活动开展联合检查,形成监管合力。在监管方式上,实现由事后惩处向事前防范转变。在监管手段上,积极利用电子信息化手段,省国资委和省产交所接入了国务院国资委《产权交易信息监测系统》,实现了三方实时全程监控。

有这五道防线作保障,一定会极大地降低国有产权在流动中流失的风险。所以,对于国有产权的有序流动,大可不必担心。在这里我也向广

大网民表态: 请大家相信我们对国有资产的忠诚, 相信我们的监管能力, 我们决不辜负党和人民的重托, 一定为国有资产安全和保值增值尽职尽责, 鞠躬尽瘁。

这几年, 由于我们大量艰苦细致的工作和大胆探索, 国有产权管理创造了丰硕的制度成果和实践成果。江西的国有产权管理不少工作都走在了全国的前列。我们坚持辩证唯物主义的态度, 实事求是地看待我们工作中的成绩和问题, 发现问题能够及时查处, 我们有一个坚定的信念: 为完善国有资产管理体制和推进国有企业改革不屈不挠, 排难而进。

(4)主持人: 从刚才你的介绍中, 我们感到: 有序流动是产权的生命力所在。只有有序流动才能达到优化配置的目的, 才能实现国有资产保值增值。这让我们想到另一个重要问题: 那就是产权交易市场的建设。因为我们强调国有产权进场交易, 那么, 产权交易场所的建设就成为社会关注的另一个热点问题。有些人不理解, 在企业产权流转十分频繁的西方发达国家都并不存在有形的产权交易市场, 而为什么我国的企业国有产权一定要进场进行交易呢? 还有, 一些企业在转让产权过程中, 并不是十分热衷于进场交易, 他们感到进场交易很麻烦, 费时费力, 增加了交易成本, 你对这样一些认识怎么看?

张: 这个问题的确是当前我们国有产权流动中要解决的思想认识和实际问题。

国有产权进场交易, 是我国国有资产监管制度的一项重大创新, 是我国从事国有产权管理的理论工作者和实际工作者艰苦探索的重要成果。特别是党的十六大提出建立新的国有资产监管体制之后, 我国产权交易市场建设发展很快。实践证明，国有产权进场规范交易为促进国有资产有序流转，通过市场发现价格，防止暗箱操作，遏制国有资产流转中的腐败行为，发挥了积极的作用。无论在全国还是我省，都有很多足以说明问题的案例。今年起施行的《企业国有资产法》，把企业国有产权进场交易上升到法律的层面来规范，足见进场交易对于保证国有产权有序流动的意义。的确，在实际工作中有一些同志对进场交易还有些不同的认识。认为产权进场交易程序烦琐，手续繁杂，时间又有硬性规定，还要支付一定数额的交易费用，增加了国有企业改革的成本。这些认识听起来似乎有一定道理。但是，这对于我们强调进场交易的大道理来说都是小道理。

为什么国有产权要进场交易？进场交易要解决的是用什么手段配置资源的问题，是沿用过去行政的手段来配置资源还是用市场的机制来配置资源的问题。产权进场交易，通过市场的功能，发现价格、发现价值、发现买主，体现了市场配置资源的基础性作用。

第二，进场交易，公开竞价，阳光作业，体现公平公正的原则，防止在产权流转中发生权力寻租等腐败现象的风险。

第三，交易成本是一个相比较而存在的概念。的确，进场交易有严格的规章制度，有很多规范的要求，比起行政审批、划拨成本也许要高。但是，如果不进场交易，因为没有利用市场发现价格的功能，造成国有资产流转中成百万、成千万的损失，甚至因此毁掉一些干部，那么这个成本孰高孰低就一目了然了。

所以，我认为：进场交易对于国有产权流转的意义和作用不言而喻。现在我们要研究的问题是：如何加强产权市场的建设，更好地发挥产权交易市场在国有产权流动中的作用，使市场配置资源的基础性作用发挥得淋漓尽致。五年来的实践证明：产权交易市场在深化国有企业改革、促进发展、保持稳定等方面发挥了积极作用，已经逐渐成为国有资本进退的重要通道和国有经济结构调整的重要平台。特别是近两年，产权交易场所无论是软件建设还是硬件建设，都取得了长足的进展。在统一全省市场，融入全国市场方面做出了很大努力。在信息发布、规范交易、经纪人队伍建设上，都取得了很大成绩，在国有产权有序流转中发挥了重要作用，为国有经济布局结构调整，实现资源优化配置做出了贡献。当然，产权市场建设同我省国有产权流转的要求还有不相适应的地方，主要是市场还不够统一，信息发布还不够充分，进场交易项目竞价率不高，产权交易经纪人队伍建设还有待加强。

首先是市场统一问题。目前，整合产权市场已经形成全国性的大趋势。省国资委这些年继续指定省产权交易所作为国有产权交易机构，积极推进全省统一市场的形成，省产交所通过建立分支机构的办法，在各设区市建立办事处，融入各地公共资源交易中心，全省统一开放的产权交易市场已基本形成。同时，接入国务院国资委产权交易系统，实现同全国产权交易机构联网。产权交易，作为商品交易活动，其市场半径大小，影响着商品的充分竞价。市场半径越大，市场发现价格的功能越充分。所以，推进全省统一产权市场建设，始终是我省产权市场建设的大事。

二是产权交易信息发布问题。信息发布决定着市场的发动。产权进入市场后，只有广泛发布信息，充分发动市场，才能找到更多的潜在买主，才能够引发充分的竞争，尽最大限度实现交易项目价值的新发现。

第三个问题同信息发布密切相关，就是竞价不够充分。虽然进场交易，但市场发动不充分，一些产权交易项目没有买主，或者没有两个以上的买主。尽管我们有电子竞价、拍卖等选择买主的形式，但因为找不到两个以上的买主,而不得不选择场内协议转让的方式。

所以,建立产权交易市场还只是市场配置国有产权的第一步,如何加强产权市场的硬件软件建设,使产权市场真正起到发现价格发现买主的功能,还是一项长期任务,还需要付出巨大努力,还需要社会各方面的关注和支持。

（5）主持人：我们接下来关注大江网一位网友的提问。这位网友说：企业国有产权流转,通过产权交易市场发现价格,这涉及定价基础。我们现在的定价基础是中介机构的资产评估值。也就是说,评估机构的执业质量对国有产权定价基础有很大影响。国资委的产权管理工作,如何保证中介的公正？如何在定价环节保证国有资产安全？不至于出现漏评、低评、乱评的问题？

张：随着国企改革的不断深入,企业间的兼并、收购、出售、转让、合资合作等行为越来越多,而能否独立、客观、公正、科学地反映产权所有者的权益和企业的整体价值,一直是投资者和所有者最关注的问题。从国资监管部门的角度来看,独立、客观、公正、科学的资产评估,既是国有产权管理部门加强国资监管,防止国有资产流失的一项重要措施,又是投资者在企业产权流动中实现公平交易的重要前提,还是产权交易机构规范、有序交易的基础。

我省评估行业发展很快,这支队伍执业素质和道德素质都是应该充分肯定的。当然,由于发展快的原因,在评估队伍中,鱼龙混杂,良莠不齐的问题也程度不同地存在。过度竞争、违规执业、胡评乱估的现象也时有发生。少数评估机构为了拿到业务,不惜牺牲质量、降低成本或减少必

要的评估程序，极个别评估所甚至不顾职业道德，同委托方相互勾结，沆
瀣一气，出具虚假评估报告，导致国有资产评估失真。

省国资委一直在积极探索加强企业国有资产评估管理的各种有效
手段和方式，有些制度和做法属全国首创。我们还加强了对资产评估过
程中违规行为的查处力度，保证国有资产在基础定价环节上的公平公
正，评估机构负有重要责任。规避评估机构执业质量和道德风险，需要
外因和内因两方面同时起作用：外因是加强监管，需要行业协会和社会
舆论各方面的共同努力；内因就是执业队伍的自身建设，提高专业水准和
道德水准，严格自律。

（6）主持人：经济欠发达地区如何利用资本市场实现快速发展一直
是省委、省政府领导关注的大事。省国资委作为我省国有控股上市公司的
"老板"，这几年在利用资本市场融资取得了哪些成绩？有网友问：国资
委对上市公司国有股权是如何加强监管的？

张：我省现有三十家上市公司，其中由省国资委出资监管企业直接控
股的有十几家，融资额占全省上市融资总额的百分之六十五；净资产总额
占全省上市公司净资产总额的百分之六十六以上。可以说，省属企业发挥
了主力军和领头雁的作用，在今后相当长的时间内，省属企业仍将是我省
上市公司的主要来源之一。但总体上看，同一些经济发达省份比较，我省
上市公司数量少、资产规模小、再融资能力弱和上市后备资源不足的问题
十分突出。省委、省政府对于发展资本市场非常重视，对于企业上市融资
极为关注。关于上市公司监管，国家和有关监管机构有一整套制度体系，
我们的任务是依法办事，依规操作。客观讲，上市公司作为公众公司，它

的监管比非上市公司要透明的多,规范得多。这些年,我们着眼于做大、做强上市公司,保护所有投资者利益,主要做了以下方面工作:

一是如期完成了股权分置改革。为我省上市公司和资本市场健康发展创造了有利条件,有效缓解了我省上市公司的资金缺口。以股改为契机,清理大股东占用上市公司资金;通过资产重组、以资抵债、回购股份等多种形式,大力推动高风险上市公司的重组工作。至今,国资委出资监管企业没有一家ST上市公司。

二是抢抓机遇,积极推进上市公司再融资和国有资产证券化水平。通过再融资,募集了必需的资金,改善了资产结构,资产质量和总体规模大幅度提升,增强了市场竞争能力,为渡过金融危机创造了条件。

三是积极推进国有控股上市公司资产重组,提高资产质量和可持续发展能力,促进优势资源向上市公司集中,将重点项目、优势项目推荐给上市公司运作。积极帮助上市公司调整资产和业务结构,突出主业,增强核心竞争力。积极支持有实力的上市公司解决融资项目问题,用足用好再融资权。积极支持有困难的上市公司进行资产重组,通过兼并重组、资产置换,注入优质资产等方式,努力提升公司业绩。

四是继续培育上市后备资源。确定了一批上市后备资源。各设区市国资委也在培育上市公司后备资源方面做了积极有效的工作。

关于上市公司股权监管,确实是我们国有产权监管工作中的重点。我们关注上市公司中国有股权的变动情况,特别是涉及控股地位的变化,因为这关系到国有资产安全;我们关注上市公司的信息披露,因为这影响上市公司股价波动;我们关注上市公司的盈利情况,分红情况,因为这关系广大中小股民的利益和投资回报。所以,对上市公司的监管,始终是国有股权监管的重点,特别是随着资产证券化比例的提高,越来越多的产权以股权的形式出现。

2007年以来，国有控股股东与所控股上市公司间的重大资产重组行为，成为资本市场普遍关注的热点，同时也是市场炒作的重要题材。一些国有控股上市公司的重大资产重组事项尚处于酝酿、探讨阶段，但消息透露出去，公司股价也随之异动。这不仅给重组工作带来极大被动，甚至使某些重组计划被迫"流产"，更严重的会导致投资者权益的重大损失，影响市场稳定。因此，我们一直要求强化程序意识。一是研究制订规范国有股东行为的办法，明确国有控股上市公司重大事项决策应遵循的原则、程序，做到规范有序、心中有数。最近，国务院国资委连续发出三个文件，专门就上市公司国有股东行为进行约定，我们要认真贯彻执行。二是严格工作程序。国有控股上市公司的重大重组事项在未经监管机构批准，未经上市公司依法披露的情况下，不得擅自对外发布。三是加强国有控股上市公司的诚信建设，强化信息披露监管，确保国有控股上市公司信息披露的真实、全面、准确，保护投资者的合法权益，维护证券市场稳定。国有控股上市公司有责任、有义务带头维护资本市场的稳定，这也是国有企业履行社会责任的重要内容。

在加强上市公司国有股权管理、推动国有产权流动中，我们还十分重视产权管理干部队伍建设。加强干部队伍的培训教育，着力提高素质。任何政策、制度归根到底都要靠人来落实。产权管理工作政策性和专业性都很强，要求干部队伍政治素质强、业务水平高、清正廉洁、遵纪守法。我一直认为，加强国有产权管理，既寄希望于人的道德高尚，又不要过于迷信人的自觉性；重视制度建设又不要迷信制度万能。忽视人的制度会成为一纸空文，没有制度约束的人容易堕落。发生在美国的金融风暴给我们上了生动的一课。华尔街有没有人才？他们自称集聚的是世界顶级人才；华尔街有没有制度？他们自称是人类最先进、最完备的制度。可是这里成了世界金融风暴策源地，一些金融企业无论是百年老店还是业界旗舰，一夜之间，灰飞烟灭。所以我说，任何制度是有缺陷的，任何人都是有毛病的，有毛病的人利用有缺陷的制度，必然会毁灭事业，引发灾难。我去年到华尔街的时候，华尔街萧条、清冷，同以往我看到的华尔街大不相同。街道正在维修，一些设施破破烂烂。我非常感慨，也因此感悟：华尔街要维修的不仅仅是街道、建筑，更要维修的是制度和人的灵魂。

最后，我想引用毛主席的一段话来结束今天的交流。毛主席说，人民，只有人民，才是创造世界历史的动力。国有产权管理工作，极具探索性，极具挑战性。搞好国有产权的管理，寄希望于人民大众的热情参与，大力支持，严格监督，共同创造；同时也寄希望于广大网民的参与和监督。我期望通过今天的交流，引起全社会更多人对国有产权管理的关注。国有资产，是国家的财产，是人民的财产。全社会国有产权管理、参与、监督意识提高的时候，就是我们国有产权管理上水平的时候。希望更多的媒体、更多的网民朋友关注国有产权管理，监督国有产权管理，我们共同努力，维护国有资产安全，实现保值增值，为巩固党执政的经济基础，发挥国有经济在国民经济发展中的重要作用而努力。

网友们再见！

2009年

后　记

我退休的那年，孙子上小学了。

学校的新鲜感在孩子心里没几天就消退了，讨价还价，不愿上学。甚至发牢骚："凭什么你可以退休在家，我就要上学？我也退休！"我无言以对，解释不清他的疑惑。后来，他发现我在家里并没闲着，还常常写些什么，感觉我退休并不比他上学轻松，好像明白了什么。从此不再向我提出他也"退休"的问题。有一次，我带他去逛书店，他发现书架上有我的书。觉得新鲜："你竟然写书啦，我怎么不知道？"再后来，他提醒我："你写书，应该写写我！"

我深信：孩子现在是一张白纸，赶上这个美好的时代，一定能在这张白纸上写出很多美好的文字。

孩子一天天长大，越来越懂事；而我一天天老去，越来越不懂事。在这个逆向变化的过程中，抓紧给他说些懂事的、有用的话，是我现在生命过程最重要的责任。正是这个责任萌生了我出版这本书的愿望。孙子发话，儿子收集整理，我也伏案疾书，整出一个集子，名曰散文、随笔，冠以《华尔街在维修》，奉献给读者，敬请批评。

这里收集的，部分是过去散见于报纸杂志的文字。其中有山河赞歌，也有生活感悟；有时政之管见，也有倔强之争辩；既见无邪之天真，又显无谓之本性。所以，那些应景之作，时髦文字，尽管也曾不落时代潮流，这里一概踢出本集。

因为工作关系，我有相应的机会出国考察、商务谈判、招商引资、旅游促销等。中外文化差异，不同文明冲突，世界多样性，让我目不暇接，感慨良多。不同肤色，灵山秀水，人文胜境，奇异习俗，都让我耳目一新，脑洞大开。震惊之后，工作之余，我把点滴记下，在退休的日子里，一一整理出来，既愉悦自己，也分享给他人。这部分文章，大多都是第一次与读者见面，期待读者的批评赐教。

在策划本书出版过程中，得到了朱法元、褚兢先生的大力支持和关心，百花洲文艺出版社鼎力相助，在此一并表示衷心感谢！

张启元

2017年3月28日于南昌

HUAERJIE
ZAI
WEIXIU